배성근
시집

바다가
보이지
않는다

　자연의 고귀함을 느끼는 푸른 들판에 신비롭게 서 있는 나를 보며 1982년 고교 시절을 마감하는 겨울에 추천 데뷔 시작詩作의 눈을 뜨게 했던 긴 시간들, 얼마나 분주하게 살았을까? 쉰 후반까지 미룬 나의 흔적을 한 땀 한 땀 정리해본다. 열아홉 강원도에서 군 생활을 시작하여 제대 후 건축현장에 뛰어들었다. 지난 삶을 뒤돌아보면 인간 생존의 숲과 늪 속에서 끈질기게 창조했던 미물 같은 시가 까마득하다. 나의 분신 같은 詩를 정리하면서 양손을 펴고 두 귀를 모아 세상을 향한 자연의 소리를 듣고 있다. 바람 부는 소리도 들리고, 소낙비가 쏟아지는 소리도 들린다. 가끔 우박이 떨어지는 소리도 들리고, 칼날을 세우고 땅을 부풀리며 세상을 대항하는 서릿발도 보이고 지난겨울 혹독한 바람 소리가 문틈 사이로 들릴 때도 있었다. 그럴 때마다 따뜻한 온기를 주고 잠든 나를 깨우는 詩가 있어 하루하루 새벽을 열며 세상을 향해 걸어왔다. 또한, 자연 속에 믿음 하나로 자리를 지키고 지탱하고 있는 나는 늘 생명존중과 자연 속에 잉태하는 문학이 인간관계의 조화를 이룬다는 믿음으로 균형 있는 생태계를 위해 생명이 다하는 날까지 시를 쓸 것이다.

2021년 2월 1일
임해진 낙동강가에서 배성근

1부. 이른 봄날의 폭개

2부. 향수

3부. 인연

4부. 바다가 보이지 않는다

5부. 선운사의 기억

배성근 시인의 시 여행을 출발하며

    배 시인은 작품성보다는 지금껏 살아온 흔적들을 묶어낸다고 표현했지만, 한 편 한 편의 주옥같은 작품들은 시인이 살아온 내력이며 소중한 발자취들이다. 이제 인생 2막을 설계해야 하는 배 시인에게 퇴직 후 행복한 시간이 이어질 수 있도록 기원하며, 그 살아온 흔적들을 함께 걸어가고 시간의 페이지를 열어보며 여행을 시작해본다.

—《바다가 보이지 않는다》작품해설 중에서

이른 봄날의 폭개

일월

일월은 누구나
희망으로 가득한 출발입니다
한반도 곳곳에
일월의 첫 태양이 새벽처럼 밀려옵니다
멀기만 했던 지난 노을빛
잠들어 잊어버린 그 모질고 독한 세월
그렇게 지루했던가
새로운 도약을 위해 오르는
저 붉은 태양으로 첫발을 디디며
새 모습과 새 마음으로 목메인 까치 울음처럼
힘찬 행진을 시작했습니다.
오직 전진만이
새 마음도
새 꿈도
새 희망도
말없이 밀려 흐르는 낙동강 물처럼
하나가 된 꽃으로 피우고 있습니다
꿈이 아닌 현실로

들길에서

들길을 걷다 보면 꼴망태 맨 어린 소년의 발걸음이
푸른 꿈으로 보이고
날카로운 청춘을 넘긴 아버지의 고된 일상이
나락 포기 같이 보일랑 말랑 고되게 보인다
가끔 논두렁에 걸터앉아 길게 뿜는
담배 연기가 하늘을 나를 때쯤
높이 올라간 가을 하늘에 누렇게 비친 들길이
풍성한 아버지의 꿈이다
그 꿈은 풍성한 곡식이
노적가리에 가득 찬 자식 농사 일거다
꼴망태 소년이 출셋길을 나서면
아버지 어머니 동행하는 들길은
저 담배 연기처럼 무거움보다
가볍게 떠다니는 구름처럼 마음이 가벼워서
늙어서도 행복하지 않을까

새해의 빛

가만히 귀 기울이면
저 멀리 지난 해넘이가 아쉬워 아등바등할 때
이미 제야의 종소리는 들려옵니다
마지막 이파리 같이 매달린 달력이
뚝 하고 떨어진 자리에
금방 새순의 숫자가 돋아난 듯
동토에 검은 그림자가 살금살금
뒷걸음질하더니
저 먼 곳으로 냅다 도망을 칩니다
깜짝 놀랄 듯 세상 빛 하나가
솟아오르고
바다, 강, 산, 늪에서
일제히 함성소리가 들려 올 때
함께 시야에 들어오는 것은
새해의 빛과 같은 희망이
심장박동 소리와 같이 뛰기 시작했습니다
새벽부터 부지런 떨며
앞으로 한걸음 내디디는 세월은
어김없는 우리 모두의 약속입니다
지난 검은 그림자가
눈을 뜨지 못한 이들을 위한

새해 첫 아침의 기도가 시작되고
삶이 곧 시작을 알리는 타종 소리가 사라질 무렵
나를 재촉하는 것은 새해 빛이었습니다

봄 길

늘 봄은 눈이 멀었다
애꿎은 나에게만 시샘하는지
무학산 응달 잔설이 웃고 있다
아침 햇살이 쫓고 있어도
고집을 부린다
광려산 노루 길에
봄 길 터주는 복수초가
능글맞게 앉아 있다가도
저 멀리 바다 뱃길을 터주고
봄 길도 열어준다
심 봉사가 눈을 뜬다
매화꽃 딸이 밥을 짓고
문화동 골목길 가장자리
할머니 머리맡에도
낡은 담장 밑에도 홍매화가 피었다
저 멀리 날아간 비둘기가
백련암 기왓장에 앉아
엉덩이를 데우고 있다
겉옷을 하나하나 벗어 던진다

봄 소리

대낮이 어둡고 마음이 어둔하니
가슴에 디딤돌 누르듯 답답하다
땅 기운은 천지를 뒤흔들 것 같으나
바깥 공기가 차갑고
햇살은 구름 속에 숨었으니
어찌 꽃이 피지 않으리
어찌 새싹이 돋지 않으리
어찌 세상이 평화롭겠는가
서릿발 속에 보릿대 푸름이
내 눈을 비빌 때 아지랑이는 춤춘다
종달새도 하늘 높이 올라
봄 소리는 들린다고 조잘조잘 댄다

이른 봄날의 폭개

이른 봄바람이 불고 눈망울이 초롱초롱할 때
땅 기운은 터질 듯한 심장박동 소리가 들려온다
일제히 폭음소리가 눈앞에 아른거릴 때부터
웃음 파도가 겨우내 감긴 눈을 뜨게 하는 봄날이 오자
바람난 여인네처럼 폭개가 시작되었다.
세상의 눈을 뜨고 첫발을 내디디는 첫사랑처럼
하얗게 피었다 늙은 고기처럼 비늘을 털며
사라지는 낙화는 이미 알고 있었으리라
훗날 가을 끝에 매달린 풍성한 열매들도
이미 가락시장통 길을 행여나 지나칠까
가슴을 쪼이고 있지만 갈 곳을 정해 놓은 듯
솟대 같은 운명을 가진 넌
고향집 담장에 걸린 기름기 빠진 호미 낫도
지난 세월을 기억하지 않겠는가?

갈매기 난초

길게 뻗은 광려천 따라
보이는 것은
광려산 무학산 침대봉이다
그들의 영상을 오르면
세상 다 품은 듯한
가고파 앞바다가
밤새 포근한 잠자리 같은 꽃구름 타고
높이 오른 갈매기의 꿈을 꾸다
아침 햇살이 걷어 깨운다
새벽부터
분주하게 움직이는 꽃부리는
영락없는 어시장 경매장풍경
서로의 눈짓으로
아침이슬을 걷어 먹고
힘찬 날갯짓 하는
거친 파도 속에서 뿜어내는
유월의 향
갈매기 난초가 있다.

진달래꽃 피는 날이면

발코니 사각 창틀 밖엔 분홍빛으로 멀찌감치 서서
나를 반기는 너의 자태가 어찌나 의젓한지
이처럼 우연한 만남은 한 해 두 해가 아닐진대
그렇게 긴 그리움으로 바라보는 눈빛을 삭였는가
눈 한번 찔끔 감았다가 떠보니
훌쩍 중후한 중년으로 서글픈 세월만 탓하다
애써 아픔으로 보듬었을까?
어두운 항아리 속에 담아왔던 희미한 기억들
두 눈 부릅뜨고 되새기는 젖은 눈망울과 만나는 날이면
신들린 늙은 손이 창백하게 빛바랜
백지에 그려놓은 갈피 속에 가슴을 찢어 놓고도
쉼 없는 세월 속으로 떠난다.

목련의 영혼

겨우내 귀 막고 눈뜬장님 된 시집살이 끝날 무렵
미친 듯이 달려드는 雪 바람 시샘의 손 갈퀴가
목련꽃 늘어진 머리숱을 쥐어 뜯어놓는다
하늘에서 쏟아붓는 용추폭포 천년을 부딪쳐 신음하며
움푹 팬 가장자리에 앉아
미쳐버린 가슴으로 목청 높이는 노랫가락
퇴색된 소복 언저리에 목구멍 끝으로 차오르는 숨소리가
세상 밖을 튀어나오며 하얀 물안개가 하늘로 오른다
달구어 놓은 무쇠 식히듯 툭 툭 떨어진다

빈 옥항玉缸 속에

빈 옥항을 말끔히 청소하였습니다

당신으로 하여금
사랑도, 영혼도, 희망마저도
빈 옥항玉缸 속에 가득 채워
늘 함께하겠습니다

밤새 졸고 있는
별들의 끝없는 사랑처럼
해동의 몸부림 속에
꿈틀거리는 이름 모를 들꽃이 되어
긴 세월 역마살로 보낸 삶

봄을 부르는 춘란의
꽃대궁 속으로 흐르는
생명의 젖줄로
당신의 얼굴에
화사한 봄꽃으로 물들여
기름진 땅의 소중함을 느끼듯
내 가슴속에는
늘 소중한 당신을 기다립니다.

홀로 핀 냉이 꽃

살갗 찢는 서릿발이 세상을 움켜쥔다
긴장된 육체는 산수유 꽃이 피면서 점점 늘어지고
긴장 풀린 혓바닥은 조바심 때문인지
한 방울 두 방울 감미로운 수액을 받아먹는다

어김없이 찌든 겉옷 벗어 던지고 있다
소벌에 들꽃 눈빛은 웅성웅성
양지바른 토담 밑 홀로 핀 냉이 꽃향기같이
속살 내음 풍기며 피어 올린다

봄바람 속에 묻힌 여인네는
남정네를 불러
점점 달아오르는 열기가 대기를 벗어나
때아닌 활화산처럼 타오를지도

감꽃

참새미*밭에 온통 감꽃 지천이다
수산 장날 아버지 막걸리 냄새가 비봉고개 넘어올 때면
이미 자라 산 석양을 등에 업고 얼레고 있다
한나절 내내 감꽃 밑에 잡초 뽑던 엄니는
곯은 배를 감꽃으로 채운다
텁텁한 막걸리 냄새가 나던지
용왕 신령님 앞에 닥나무 잎으로 물 한 모금 마시며
중얼중얼 자식 잘되라고 두 손 모아 빌고 또 빌고 있다
저놈의 배꼽이 떨어지고 올록볼록 초록색으로 커질 때
둘째 놈 대학 학비는 되겠지
제법 달구던 날씨도
임해진 강바람이 땀 식힐 때쯤
단맛 찾는 깍지벌레가 속 뒤집는다.
야금야금 먹어 치우는 원 수 같은 깍지벌레
"제깟 놈이 먹어봐야 얼마나 먹겠노."
가을이면 빨간 단감이 주렁주렁
서울 가락 시장갈 요량으로 채비하겠지
그때가 올 때까지 힘든 줄 모르고
사시사철 일만 하는 일개미도 자식 복은 있다.
십 년 터울 진 누이는 쫄래쫄래
감 목걸이 걸고 다니던 때가 있었다

가락시장 단감 따라갔는지 도회지로 훌쩍 시집갔다
지금은 자식 낳아 기르는 엄마가 되어
감꽃 떨어지는 봄에도 그의 얼굴을 볼 수 없다
바람에 날려갈 듯 야윈 울 엄마
봄볕에 말린 감꽃처럼 그때 그 모습으로
참새미 감나무밭에 잔디 집 짓고 잠들어 계신다
훗날 아버지께서도 그곳으로 가시겠지

* **참새미**: '샘'의 경상도 방언.

복사꽃 1

붉은빛으로 타들어 가는 꽃 비늘은
깃 빠진 껍질이 되어
붉은 빛깔의 비단처럼 깔렸다
하나하나 벗어 던져버린 삶 속에
털이 뽀송뽀송한 속살이 되어
귀여운 아기가 탄생했구나
살빛처럼 불그스름한 빛으로
우아한 드레스 입은 너의 열정이
쪽빛 그물 옷 사이로 피어나고
하늘에서 목줄 타고 내려온 빗줄기
온몸을 감싸 안은 맑은 향기가 되어
몰고 오는 바람은 세상을 알게 하고
탐스럽고 고운 붉은 입술과
흰 이가 보이는 야한 여자로 성장한
복사꽃 너일 줄이야 미처 몰랐다.

복사꽃 2

봄볕에 염색한 어긋매끼* 난
두세 겹 물 맑은 순홍색 비늘 조각
천상의 비로 가슴 젖어 들면
그저 떨어지고 말 것을
바람 향기 속에 핀 귀여운 여인네
수줍은 볼로 갈팡질팡 어이할까?

* **어긋매끼**: 한쪽으로 치우치지 아니하도록 서로 어긋나게 걸치거나
  맞추다.

상사화 사랑

녹음 속에 이파리가 움직인다
아마 조급한 마음이 잊혀지지 않는 그리움 때문인지
말하지 않아도 바람이 일고 숲길 발걸음 재촉해도
내가 찾는 그리움 찾을 수 없다
절벽 길을 눈물 자국 따라 수없이 걷다가
지나는 바람결이라도 보지 못한
그리움의 상사화 꽃대 위를 수없이 피어 올리는
상사화 꽃물 따윈 관심도 없는지 밤을 지새우다
가끔 아침이슬만 맺혀 있을 뿐
무슨 인연인지 그리움 가득 찬 가슴을
두드리고 두드리며 떠밀린 짧은 바람으로 동행만 할 뿐
이루어지지 않는 사랑으로 가느다란 비늘만 뚝뚝
허탈의 먼 길을 걸어간다
한 가닥 기대는 저버린 사랑하지 못한 삶을 살며
가랑잎 사이로 피어오르는 상사화

춘삼월이 오면

골목골목 태극기 움켜쥐고 만세 소리 들리는
춘삼월이 오면 목디山 하산 길 따라 두 갈래
계곡물 움켜쥔 얼음조각 같은 그곳에
진달래 피워 마음 녹이는 그 고향산천에 간다
봄볕에 아지랑이 꽃 피우고 산수유 꽃잎 피울 때
해묵은 양파 껍질 속에 하얀 속살 같은 새살 돋아
봄 꿈 피우는 매화 향 있는 내 고향으로 간다.

냉이의 봄 마중

어제는 찬바람이
바스락바스락 낙엽 때문에 밤잠 설치게 하더니
오늘은 먼데 미미한 온풍이 다가와
내 귓불 밑에 앉아 쫑알쫑알 세상일 고자질한다
미동도 하지 않던 헛간 호미도
오늘은 내 손에 이끌려 봄 마중 나가고
손끝으로 빚은 밥상머리 된장국도
점점 빨라지는 발걸음 따라
그 향기에 취하여
쉼 없이 걸어온 그 허접한 길을 따라
생무지* 같은 손으로 한 겹 두 겹 허물을 벗는다
바람 따라 찾아온 냉이처럼 그렇게
선술집 나그네가 된 지금

* **생무지**: 어떤 일에 익숙하지 못하고 서투른 사람.

들꽃 1

누구나 들길을 걸어가면서 봄이 왔다고 호들갑을 떨어요
정작 그의 소중함을 몰라요 봄이 왔다고 그의 마음도 몰라요
진정 곱고 따뜻한 마음도 몰라요
그저 봄이니 너도나도 땅을 뚫고 나오는 잡초인 줄 알아요
그저 스쳐 지나가는 봄바람에 흔들리는
이름 없는 들풀인 줄만 알아요
그가 없는 세상은 상상도 못 하고 있어요
당신이 없어진다는 사실을 깜빡 잊고 사는
당신이 참 안타까울 뿐이어요
그의 옆에 누워서
그의 곁에 앉아서 오래오래 두고 보세요
눈높이를 같이 해서 오랫동안 천천히 다가가 보세요
얼마나 예쁜 줄 눈에 보일 겁니다
가까이 코를 대 보세요
얼마나 좋은 향기가 나는지 코가 실룩샐룩 거릴 겁니다.
흔하게 눈에 띄고 흔하게 들에 산다고
지나가는 눈길로 보지 마세요
그에게 더 가까이 낮추어 보세요
높이 오른 새들도 그를 볼 때는
가까이 앉아 보아요
이제 당신도 그렇게 보아요

들꽃 2

고향에 가면
앞마당에도
텃밭에도 이름을 몰라
이름을 부르지
못했습니다

늘 곁에 머무는
소중한 친구인 줄도
정말 몰랐습니다

엄마 배에서 나와
그와 함께 뒹굴며 성장한
친구인 줄도 모르고
지금껏 등신같이
살아왔음을
이제야 알았습니다

그때부터
내 친구라는 사실을
죽어서도 같이할
소중한 친구라는 것을

들꽃 3

기어 다니며
그와 함께
봄을 깨웠습니다
뒤뚱뒤뚱 걸음마를 할 때도
늦은 봄 높이 오른 꽃은
눈에 보이지 않았습니다
늘 곁에 머문 그만 보였습니다
그만 고왔습니다
그만 향기로웠습니다
그것은
나와 같이 태어나
함께 자란
고추 친구 같으니까

| 2부 |

향수

인생人生은 강물이다

상류上流에서 하류下流
쉼 없이 흐르는 생명의 젖줄
바위틈을 비집고 지하에서 치솟는
맑은 물이 모여 시냇물로 흐르다
그렇게 강이 된다.
복福된 흐름 구김살 없는 여로
괴롭고 쓰라린 노정
그렇게 작작유유綽綽有裕* 흘러
광활한 바다와 마지막 포옹을 한다
이것이 인생의 종점 우리들의 안식처
나의 빈약한 인생 진정 내 이정표는
어디에 표류하고 있을까?

* **작작유유(綽綽有裕)**: 언행과 태도에 여유가 있음. 곧, 일을 당하여 놀라
거나 당황하지 않고 침착함.

흙탕물 뒤에 맑은 물이 흐른다

뜨거움이 점점 깊어가는 봄날 때아닌 돌풍이 불었다
천지가 꽃밭으로 덮인 지금
삶의 한가운데서 돌풍을 만날 때가 있을 것이다
살다 보면 어찌 이런 일이 없겠는가
태풍이 지난 자리 고통 속에 흐르는 눈물이
어쩌면 멀어진 기쁨의 소중함을 알게 하는 것은
스러질 듯한 침묵이 흐를 때쯤 알 것이다
삶의 질은 더욱 짙어지고
맑고 깨끗한 계곡물같이 흐를 때쯤 순풍의 잔파도 보다
가끔 폭풍을 견디는 강인함 뒤에
맛보는 평온함이야말로
진정한 삶의 가치를 알게 하는 지름길이 되지 않겠는가
평소 평온함을 즐기지 말라
스러질 듯 침묵이 흐를 때쯤 삶의 질은 더욱 짙어질 것이다
한바탕 뒤집어놓은 흙탕물이
흐르고 난 뒤 맑고 깨끗한 계곡물 흐르듯
우리의 삶 또한 그것과 같아서

화분花盆 속에 둥굴레 꽃

광려산 잔설이 메마른 날개를 접고
빠끔히 열린 베란다 창틈으로 들어온다.
무언無言의 침묵沈黙은
시퍼렇게 입 다문 정적靜寂 같은
고향故鄕 숲을 생각할 것이다
지긋이 비춰주는 봄볕
올망졸망 매달린 화사한 웃음
사랑의 손끝을 감싸는데
겁 없이 몸을 던진 파란 기지개도
모두 네 도관수導管水 속에 고동치는구나.
지나간 긴 시간 넌 애써 부정否定하려 하지만
그럴수록 넌 더 힘 있게 더욱더 파랗게 움 돋아
하나의 꽃으로
하나의 향기로
하나의 사랑으로 피어오를 것이다.

내 고향 살구나무

내 고향 절터에 가면
세월만큼 아름드리 살구나무가
살붙이보다 더 많이
시원한 그늘을 주었다네.

셋 바람이 나를 불러 놓고
나풀나풀 깃털 날리는 기억들
소 풀 뜯기던 동네 아이들
부모 그늘에 소양 배양하다가
애옥살이 떠난 요즘

세월 속에 썩어 터진
고통의 가슴을 움켜쥐고
날개 꺾인 노모老母만큼
힘없이 파드닥거린다.

쭈뼛쭈뼛 가장이 움트기 전
어린 추억처럼 꽃향기 더하다가
아침나절 까치 짖는 소리가
나를 반기고 있었다네.

밤꽃 향 그리움

무학산 남단 꼬불꼬불 쌀재고개는
바람 재를 넘다가 지쳐
일기지욕一己之慾으로
살점 좋은 땅 위에
율원栗園으로 꾸몄구나
즐번櫛繁한 밤꽃 피워
하늘하늘 잔풍殘風에
과수댁 엉덩이 흔들며
밤마실 나가고 있다

밤잠 없는 노인네가
대문밖에 홀로 서서
인화燐火에 담뱃불 붙이고
세상 걱정 한마디가
하루 내내 꿀 따는 일벌도
밤꽃 향에 정들어 떠날 줄 모르는데
허허 마실 나간 여인네는
언제나 돌아올꼬

해동의 사랑

메마른 입술 사이로 춘설 깔아놓은 길
버들개지 흔드는 남풍 따라
목련 꽃잎으로 깃 달고 소리 없이 사푼사푼 오십시오
그리움도 버리고 과욕하지 않는 기다림으로
겨우내 진저리치던 슬픔도 아픔마저도
춘설에 묻고 아지랑이 따라 춤추며
삶의 무게 다 털고 오실 줄 이미 알았습니다
언덕배기 쑥 냉이 달래 캐다가
해동의 사랑이 찾아오면
봄볕에 겨울옷 벗어 던지고
봄 향기 가득한 상 차려 놓고
당신을 반기겠습니다
보랏빛 진한 노루귀 향으로
조롱박 텅 빈 가슴에 하루 내내 매달아 놓고
가장이 끝 빛나는 눈동자에 맺힌 눈물보다 가벼운
은하수 위를 당신과 거닐고 싶습니다.

어느 야간전투 중에 1

2007년 5월 13일 18시
석양은 한낮 내내 달군 열기에 지쳐 있다
방황 속에 갇힌 그들에게 굴레를 벗어나도록
싱그러운 수풀 속으로 인도한다
컴퓨터 자판기 소리가
가시덤불 참새처럼 지저귀고
승복 갈아입은 허리춤엔 삼팔권총 차고
실탄을 염주 알처럼 세고는
구멍탄 소금을 튕겨 넣는 것처럼
발 빠른 행동으로 야간 전투준비에 돌입한다.
전화기 벨 소리가 매미 태풍을 동반한 소나기가 되어
콩 볶는 소리가 난다
며칠 전 비관 자살을 시도 한 사람
결국 그는 숨을 거두었다는 연락이다
자식과 아내의 버림, 금전과 시달림,
현 사회의 멸시에 대한 비관은
도끼로 내리치는 것처럼
늘 머리를 감싸고 살았다
고통 속에 살아야 하는 세상
그곳을 벗어나고자 선택한 저승 문 가까이
한발 두발 디디는 발길이 무척 힘겨웠던 모양이다.

이미 숨통을 막고 육체는 쓰러져 있다
마흔일곱의 공간만큼 초라한 3평 남짓 굽도리에
허울과 소주병만 가득 채워져 있다
내장 속에 쌓인 세상사 오물로
아집과 편견 없는 세상을 그린 벽화가 보인다
창문 밖 스미는 연분홍빛 천사들의 깔깔대는 모습처럼
벽화 속의 얼굴은 평화스러웠다.
세상 허물 벗은 영혼의 나비가
훨훨 우주를 벗어나고 있다
후회로 가슴 치는 가족 울음은
한여름 땡볕을 피한
매미의 울음소리에 불과했을까?

어느 야간전투 중에 2

점점 깊어가는 밤
세상이 알코올 기운이 돌고 광란의 밤이 시작된다
폭력과 피로 얼룩지고 더럽혀진 언어들
허기진 하이에나처럼
마음과 몸이 썩어가는 사람들
그 속에 공부를 포기한 청소년들의 방황도 있다
그들의 소드락질*은 그들만의 문제만일까?
없는 사람은 그렇게 세상을 등지고
가멸다 한 사람만 살아가는 세상
그 속에서 성장하는 아이들 허허 참
답답한 노릇이다!
흔들림과 방황이 잠잠해질 즘
새벽을 여는 사람들의 행렬
그래도 쉼 없이 뛰는
희망의 발걸음 소리가 들린다
저승으로 가는 문보다
이승의 새벽 문이 먼저 열린다.
2007년 5월 14일 새벽 5시 는개*를 비집고
조간신문이 사무실 앞에 날아든다
그 속에 무슨 사건 사고가 담겨 있을까?
오색찬란했던 네온들은

그 힘든 사연을 지켜보다
여기저기 파김치가 되어
눈에는 핏대가 서 눈물이 흐르고
동토엔 아무 일 없다는 듯 빛을 토해낸다.
은행나무 가장이 끝에는
까치 소리가 희망으로 요란해진다

* **소드락질**: 남의 재물 따위를 빼앗음.
* **는개**: 안개보다 조금 굵고 이슬비보다 조금 더 가는 비.

상사바우 하늘 개나리

낙동강 칠백 리 굽이돌아
임해진 옛 나루에 홀로 앉아
아스라이 돌아가는
상사바위 벼랑길을 바라보니
6월의 천화天華*에
이슬 가득 맺혀 있구나

너의 꽃잎이 낙화落花*할 때는
애틋한 사랑의 눈물로 피어나고
다시 너의 꽃이 필 때는
처녀 총각의 영혼으로 피어날지라

아~끝없이 불타는
너의 열정은 식을 줄 모르고
석양에 비치는
화월花月*처럼 곱구나

칠흑 같은 어둠에
천자만홍千紫萬紅*은 어디 가고
상사바위 틈을 밝히는
하늘 개나리 너만 홀로 있는가

* **천화**(天華):하늘에서 내리는 꽃.
* **낙화**(落花):떨어진 꽃. 꽃이 떨어짐.
* **화월**(花月): 꽃과 달, 꽃 위에 비치는 달빛.
* **천자만홍**(千紫萬紅):여러 가지 울긋불긋한 빛깔.

[시작노트]

이 시의 배경은 경남 창녕군 부곡면 청암리 임해진 옛 나루의 상사바우를 배경으로 시작했다. 부곡 온천에서 밀양 방면으로 1km 가다가 길곡면 방향으로 우회전하여 4km 내려가면 지금은 임해진이라는 마을조차 4대강 개발로 사라져 버린 임해진이라는 옛 나루를 만난다.

그곳에서 좌측 노리 방면 절벽을 따라가다 보면 상사바우가 있었다. 지금은 개발로 인해 반듯한 아스콘 깔린 도로다. 그 상사바우는 임해진 동쪽 절벽에 있는 바위로 높이는 30자 가량 된다.

옛날에 약혼한 남녀가 있었는데 갑자기 남자가 죽어 큰 뱀이 되어 나타나 처녀의 목을 감고 있는 것을 그의 부모가 이 바위에 처녀와 뱀을 데려와서 원혼을 달래주니 감았던 목을 풀어주었다는 전설이 있다.

그곳에 귀한 하늘 개나리가 피어있는 것을 필자가 발견하고 시상이 떠올라 이 글을 쓰게 되었고, 이 글이 상사바우의 영혼을 달래주었으면 하는 마음과 사라진 임해진과 그 시절을 그리워하는 글이다.

빗물 속에 산행

늦여름 비가 오면 숨 막힌 도시 거리를 떠나
빗물에 발 묻히며 가파른 가지산을 오른다.
찌는 더위 뒤로 한 채 풀풀 날던 먼지가
중국집 밀가루 초기 반죽처럼
빗방울에 젖어 발끝에 내려앉고 있다
세월의 흔적처럼 팬 이마에 흐르는 땀방울은
조그마한 개울 흙탕물과 빗방울에 뛰어논다.
흠뻑 젖은 굴밤 나뭇잎은 서로 비벼
빗속의 추위 이기며 저렇게 서로 사랑을 느끼는 걸까
빗물에 젖은 절벽 한 귀퉁이 돌이끼
사랑의 푸름을 한껏 뽐내고 있다.
힘껏 밟고 올라간 산 중턱 빗물에 칼날처럼 깎이고 파이고
힘없는 모래흙이 저 넓은 천으로 강으로 먼저 떠났다.
세월이 지나면 저들과 같이 너도나도 떠나겠지….

팔색조

해금강 어귀 오솔길 따라 비상하는 팔색조
6월의 햇살에 비나리치며
여덟 색깔로 지은 마고자 입고 개어귀에 앉아
찌찌로 모이 쪼아 들피하진 아닐진대
높새에 닻을 올린 당도리 댓바람에 피어오르는
파도 꽃 속으로 가물가물 돌아올 길을 물으며
된바람 오기 전에 돌아온다고 맹세하지만
한풀 꺾인 구월이면 팔색조는 이미 이별을 고한다

해금강 1

계룡산 멧부리 닭 볏을 디디고 서서
끓어오르는 두 개의 큰 섬
굵직한 칡뿌리 뻗어 내린 듯한 갈도葛島가
금강산을 품에 안고
동해를 바라보는 청룡靑龍이
황금 여의주如意珠를 입에 물고
용트림하듯 비상하는데
수천 년 약속을 끈끈이 이어온 약초 섬
불로장생초不老長生草 구하는 진시황제
서 불이 동남동녀童男童女 삼천 명을 보내
서불과차徐不過此라는 흔적을 남긴 그곳
칠백 리 해안을 돌아온 나에게
은빛 백사장은
허물었다 쌓았다 애간장만 태우고
썰물과 밀물은 석공이 되어
갈고 닦은 몽돌은 옥돌이 된다.

해금강 2

천태만상千態萬象 절경은
태평양을 품에 안고
벽파수가 되고
지상낙원이 된
사자바위 십자동굴은
제법 멋을 부리고
일출과 월출은
일 월봉을 이뤄
늦은 사랑에 빠져
핏빛 같은 사랑을 하다
노을이 된 해금강

홍천강가에서
-군 복무 중에-

1982년 7월
홍천 강어귀에 앉은
고향 떠난 열아홉 푸른 청춘
잠시 명경 안에서
쏘가리와 대화를 하고 있다
넌 어디에서 온 거야
이곳에 난생처음 온 거야
그래 여기는 참 낯선 곳이다

난 고향이 멀다
파란 식판에
어머니가 지어 준 밥은 없고
어쩌다 낯선 이곳 밥을 먹고 있다
고향 계신 부모님 기억을

여름 한나절 폭우로
홍천강물이 범람하여
기억을 쓸어 가버린다.

젊음의 불같은 혈기
불사르는 고된 훈련
하루도 빠짐없이 들려오는
취침 나팔 소리가
나를 잠재워 잊게 한다.

진해 준설토 투기장

천자 봉이 내려다본다.
부산 신항 준설토 투기장
목청 높이는 그대들의 가슴은
바다를 메우는 것처럼
화려한 삶은커녕 숨통이 막혀
여름 땡볕에 농한 수박 같다.

진해 앞바다
짙은 안개로 뒤덮었다.
우리 마음인 듯
좀처럼 걷히지 않았다
한없이 달려드는 초겨울 바람이
버릇처럼 응석 부리는 모습이
무척 고단해 보인다.

점점 사라지는
산등성이를 숨 돌릴 겨를도 없이
이리 찍고 저리 찍고
이내 찢어진 살갗은 피투성이가 되어
갯벌에 내팽개친다
그 푸르던 꿈은 멸치젓을 담근다.
우리의 자연을….

세월

검게 타버린 아스팔트 위의 열기가
검은 바닷가로 변한 내 눈을 의심하다가
지나가는 소낙비에 내 마음은 늘 녹아 버리고
밤새 내린 이슬로 아침 한술 얻어먹고
한낮 불볕에 달구어진 너의 몸뚱어리
강파르다 못해 웃는 모습마저 떡심이 풀려 있구나
세월 이기는 항우장사가 없더이다
아 – 다시 돌아올 수 없는
내 인생
내 청춘
장밋빛 같은 나날들이
내 가슴속에 남아 영원히 잊히지 않았으면

향수

내 고향 창녕 부곡 청암에는 낙동강을 끼고 도는
임해진 나루가 있다
처녀 귀신이 나온다는 목디산 기슭
실 눈뜨는 햇살은 아침 깨우는
진옥 떡갈나무 잎에 올빼미 눈빛처럼 맺힌 이슬이
노루 새끼 발길에 곤두박질친다
우리 집 누렁이 한가로이 풀을 뜯다 누워 되새김 소리가
자장가처럼 들려올 때 그늘진 바위 위에 누워
안산 밑들에 핀 자운영 꽃향기 속에 묻힌 풍요가
단잠 자던 유년 시절이 고향집 담벼락에 오르는 호박 넝쿨 같다
지금은 자라산* 영상에 걸터앉은 낙양처럼
마지막 군불을 지필 때
나지막이 오르는 굴뚝 연기가 되어
마흔대 젊은 어매의 그때 그 사랑처럼 몽실몽실 피어오르고
아버지의 몸집은 웃자란 나락 대궁처럼 왜소함은커녕
저 멀리 동구 밖 신작로 따라 타박타박 옹골진 발걸음 위로
바래기 풀로 살짝 덮은 바지게 안에는
큼직한 수박도, 누른 참외도 있고
매운 풋고추도, 참 냉국 만들 오이도 있었지
새벽이슬 속에 요술을 부리는 것 같은 날이 있었다
내 등에는 늘 누이가 업혀 칭얼대지만

가끔 재롱부리는 것을 보며 생글생글 마냥 즐겁다
소 풀 뜯는 나를 부르는 손짓도
수년 동안 달궈온 어깨에 주렁주렁 달린 고구마처럼
살림살이 힘겨워도 버릇처럼 넘기던 그때
지금도 그 고향 맴돌며 타향살이하던 여우 새끼처럼
늙어 죽을 때 고향 쪽에 머리라도 놓겠지
그때 그 시절 향수에 젖은 기억을 되돌리듯

* **자라산**: 경남 창녕군 부곡면 청암리 평야 서쪽에 위치한 산으로 자라와
  같은 형상을 하고 있는 산.

영축산

태극기 휘날리던 날
불타던 그때 그날처럼 모여든
창녕군민의 눈빛
영축산靈鷲山 우렁찬 호령처럼
하나 된 뜨거운 가슴으로
골목골목 뛰쳐나오듯
지금도 귀청 뚫는다
동쪽 하늘 우뚝 선
그대 뜨거운 충혼으로
함박산 도래샘과 깊은 사랑에 빠져
얼었던 땅이 해동이 되고
봄의 수액 흐르는 듯
평화 찾는 이곳 영산 땅
포근한 숲 둥지 틀어
일제 강점기 할퀴고 간
깊은 상처 지웠다
영축산 아래 모여든 군민이
충혼탑 앞에 고개 숙인 모습

임해진 나루

느지막이 고향 가는 길에
근심 걱정 털지 못하고
답답한 가슴은 비바람 되어
낙동강이 시간에 사투를 벌이다
임해진 나루도 사라지고
달맞이꽃이 피기도 전에
메말라 버린 저 강바닥은
수없이 흐느낀다.
비리 끝에 떨어진 꽃잎처럼
지난봄 꿈을 기억이나 하듯
환상 속에 장배가 떠 있다
세상을 탓도 한번 못한
날이 저물도록 삽질하다
저세상 간 대밭 골 아재
수천 년을 쌓아온 퇴적물이 되어
뭍에 올라온 백사장은
왜가리같이 정 못 붙이고
방황을 하고 있는데
다시 오지 못할 이별인가

독도獨島의 한恨

한 서린 눈빛
천둥 번개 같은 선조先祖들의 애끊는 가슴으로
창해滄海*에 우뚝 섰다.
독도獨島 정부頂部*에
녹풍綠風*으로 휘날리는 大韓民國 태극기太極旗
쓰러지지 않은 채 해월海月에 빛나고
저기 농두攏頭* 같은 양심
핏빛 물들인 진달래가 이슬이 맺혀 치를 떠는구나
귀청 울리는 해소海嘯*는
우리 선조先祖들 혼령魂靈*의 외침
이젠 그만!!!
이젠 그만!!!
알고는 있는가
광복光復 60년 그 속에 의연히 지켜온
뜨거운 우리들 가슴
옷자락 부여잡고 납두納頭*하여 빌어도
용서容恕 못할 사람들아
참담한 거짓 속에 이젠 홍파洪波*와
천년을 버텨온 대한의 투혼에 목숨을 건다.

* **창해**(滄海): 넓고 푸른 바다.
* **정부**(頂部): 가장 높은 꼭대기의 부분(머리 부분).
* **녹풍**(綠風): 초여름의 푸른잎 사이를 스쳐 부는 바람.
* **해월**(海月): 바다 위에 뜬 달.
* **농두**(攏頭): 보기 좋게 잘 다듬은 머리.
* **해소**(海嘯): 바닷물이 바위에 부딪쳐 일으키는 파도 소리.
* **납두**(納頭): 머리를 숙이고 꿇어 엎드림.
* **홍파**(洪波): 큰 파도.

| 3부 |

인연

비

삼짇날 애갈이
5월 한나절 쓰레질
언막이 넘어 퍼 올린
등줄기 땀으로
심은 모
이제야 흙내음 맡아
짙어 가는데

뜬 눈으로
물꼬 틀어막고
한낮 욕심쟁이
땡볕
해거름까지 물켜
시르죽은 널 보며
애태우더니

매지구름
땡볕 쫓아내고
야- 비다 비
후두두

개구리 목청 높이고
바짝 마른 너의 입
미소 머금는다.

삶의 애환

폭염에 배짱 좋게 울던 매미 소리가 사라진 지금
담장 밑에 그늘에만 살아온 귀뚜라미도
황금빛 들판에 물꼬 물 흐르듯 말문이 트이고
여기저기 흘러가는 세월의 고된 언덕 너머
가을이 왔다고 싸리꽃이 활짝 웃고 있다
뒤돌아볼 수 없는 삶의 그 야무진 꿈도
평생을 가슴에 담아온 애환의 끈도 놓고 가신
하늘의 뜻으로 걸어온 검정 고무신 바닥에 배인 핏물도
황금빛 들판에 검게 그을린 아버지 애환도 웃고 계신다
지난봄도 여름도 알지 못했던 그 화려한 꿈도
귀뚜라미 소리를 듣고서야 가을인 줄 알았습니다
아버지 어머니의 삶의 애환도 이제야 알았습니다

무명용사 같은

시 한 편에 인생을 담는다 해도
누구의 가르침으로 되는 일은 아닐 게다
정답 없는 글귀를 붙들고
하루하루 세상 속에 맡겨도 본다
그러나 마음은 고향을 지키는
탱자나무 박새보다 못하니
어찌 세상 보는 눈이 있을까?
결국 푸른 안갯속에 빠져가는
보이지 않는 눈을 가지고
알 수 없는 절벽 밑으로 떨어져 봐야
나 자신을 알 것인가
내 귓전에 들리는 도토리 키재기 다툼은
무명용사보다 못한 제잘 거리므로 들린다
스스로 선택한 올곧은 길은
장애물이 있어도 변함없이 흘러가야 한다.
낙동강 유유함처럼

우포가 기다리는 따오기

토평천 동굴에 태어난 신비의 늪 우포
제조제가 여린 꽃대를 꺾어
보리대궁을 짓밟는 엽총 소리가 갑치던 때
홍학은 넌더리 치며
1979년 내 나이 열여섯 살 되던 해
화약 냄새로 부대끼다 이별을 고했다
백로가 긴 목을 빼고
물밑 깊숙이 각시붕어에게 물어보지만
생태 질서가 어지럼병에 걸려 대답이 없다
민물 농어 미국 민 돔이 뭐라 대답은 하지만
알아들을 수 없는 언어다
하지만 1억4천 년 전부터
밤낮으로 진화된 수천 종의 생태들
다시 공룡의 괴성 소리가 미미하게 들려오는 듯
봄이 소가 되어 해껏 까지 되새김질을 한다
인류의 심장 우포는 여전히 뛰고
쪽지 벌 각시붕어도 사지 포 가물치도 뛴다.
생이가래가 논병아리처럼 종종거리고
멀리 떠난 따오기를 기다리던
가시연은 하늘로 크다 지쳐 누워있다.
지금도 철새들은 갈댓잎 깔고

그 위에 옥잠화로 울도 짓는다.
버릇처럼 맴돌던 소금쟁이도
홍학의 기억을 더듬어본다
가마골 적송 위에 널 비하던 그의 모습을….

변하지 않는 흐름

사십팔 년 걸음은
걸음마 때보다 점점 빨라지고
방법은 그때나 지금이나 변함없다
무학산 자락 푸른 안개가 내 눈 앞을 가린다
험난한 길을 걸어온 발걸음이 익숙지 않은지
늘 가슴 졸이며 걷는 보폭이 점점 짧다

깜박 저 낭떠러지에서 떨어질까
소리 나지 않는 울대를 두드려
애써 불러보지만
당달봉사처럼 숲으로 만 가는 것일까?
허구한 날 날카로운 문자가 눈물샘에

곡괭이질 하는지 모르겠다
바다가 아무리 넓다 해도
우주의 대범함에 휩쓸려
바로 보지 않는 저 옹고집 같은 사람
세상 또 한 번 뒤집어 볼 심산인가

인연

동토에 떠오르는 빛도 맑은 날은 웃고
흐린 날은 그 빛은 어디 간데없이 빛이 사라진다
없다가도 생기고 있다가도
없어지는 사람의 마음이 인연이 될 수 있다
그러나 우연한 인연은 찾아볼 수 없고
스스로가 인연을 만드는 것이다
잘 다듬어 가면 좋은 인연
침묵을 지키며 천대하면 악연이다
서로의 믿음이 쌓이고 쌓여 가슴에 가득한 것은
어쩌면 자기 삶의 현실에서 과거의 흔적처럼
나이테 같은 인연이다
만남은 늘 이별이 기다리고 있고
이별은 만남을 그리워하는
언제나 과거는 아프지만 내일은
늘 희망이 있는 것이다
설사 아픔도 올 수 있고 과거보다
생동감 넘치는 푸른 숲이 기다리고
향기 가득한 꽃향기가 풍성하게 기다리고
있을지도 모를 일이다
내미 태풍같이 찾아오는 인연도
꽃피고 새가 우는 천국 같은 것이 찾아오는
인연을 알 수 없는 불가사의할 것이다?

다시 찾은 자유의 공간

허공이 아닌 밀폐된 공간에 갇혀
빈틈없는 세상을 숨죽이고 살면서도
자유를 찾아 수년 동안 막힌 숨구멍을
비집는 날도 생존 법칙이다

그 옛날 풍성했던 청순함이 사라지고
아스팔트 기름 덩어리에 묻혀
시곗바늘도 없이 최소의 힘으로 살면서
희망의 숨구멍을 찾기 위해
지금껏 작은 불빛 하나 놓치지 않았다

그렇게 살아온 삶은 살아남기 위한 생존 경쟁
가장 힘이 필요한 것과
가장 약한 곳을 공격하여 벗어난 밀폐된 공간
이미 희생으로 찢겨나간 살점 뚝 떼어주고
마지막 기회로 벗어 난 미래의 자유 공간

둥지 잃은 갈대

갈대숲 비집는 청둥오리
작은 물고기 물고 깃털 세운 순천 앞바다
쇳덩이 녹이는 당신의 강한 열기가
식을 줄 모른 삶의 고뇌는
일자리 잃은 갈대 가슴
봄볕에 여물어 강하고 푸른 이미지가
아옹다옹 피어오른 꽃 떨어진 깊은 골
억새밭 꼬부라진 육체는 허무에 쌓이고
석양을 등에 지고 한참 동안이나 아우성치며
몸부림도 쳐 보지만
메마른 육체를 흔드는 갯바람도
칼날처럼 분노한 저들의 부르짖음에
아수라장 된 그곳엔 평화이기보다는
눈물로 돌아선 고요함이었다
낯선 이의 바람꽃 따라 흐른 거친 비명
바람 소리에 밀려 보금자리를 찾아든
우리 가슴속 할퀸 상처는 언제 아물 것인지.

우포의 가을 수채화

가시연꽃의 두툼한 입술로
뭇 이들의 사랑으로 익었던 구월 끝자락
목 놓아 울던 매미도 내 귓전에 이명처럼 들릴 뿐
이제 토평천 끝자락으로 흐르는 삶의 길은
낙동강 하구에 도달하기는 아슴하게 멀다

가없이 넓은 우포의 끝과 끝은
눈길 닿지 않는 곳에 앉은 듯
퇴색된 빛으로 하늘 그대로 내려앉는 듯싶다

잠깐 그의 모습은 생기를 잃고
야릇한 적요 속에 빛살과 잔파도에 채색된
수채화 속의 향기 띄운 것이 있다
한때 전쟁 치른 현장이 그러했다

생태 주검을 처리하는 철새의 자맥질로
갯내음 짙은 향기를 바람으로 잡아 보지만
탁한 회색빛 먹구름이 금방 삼켜 버린다

저문 날이 밤을 새우고
아침밥 짓는 햇살이 또 한바탕 웃고 나면
수년 동안 그랬듯이
푸른 수채화로 태동이 시작될 것이다.

당신을 꽃이라 부르고 싶다

늙고 병든 당신은
그 긴 겨울 살갗 찢어
자식의 겉옷을 만들고
땅속 깊이 스미는 봄기운 마시며
희미한 등불처럼
깜박깜박 잊은 옛 호롱불 밑에서
이불 홑청 꿰매는 시간이
무척 오랜 시간이 걸렸을 것이다
이제는 저 멀리 따스운 봄기운도
당신에게는 외면하고 있다
늘 들꽃처럼 피어난 당신은
그 외로움을 견디다 못해
사르르 먼지같이 사라지는
잔설을 툭툭 털고 피어나는
복수초 같이 힘겹게 웃고 있는
왜소한 몸집이 넘어질 듯
위태로운 그때도
당신을 꽃이라고 부르고 싶었다
이 세상을 떠난 무덤가에 핀
사과나무 꽃을 보고도
당신을 꽃이라고 부르고 싶다.

꿈

해운대 앞바다 파도처럼
스무 대 젊은 청춘은
하얏트 호텔 신축현장
에이치 빔 위에 매달렸다
하늘에 목숨을 달아놓고
용접 집게에 물린
가느다란 용접봉에서
은하수 기둥을 타고
고층 빌딩 숲을 만든다
청춘을 묻고 있는 삶의 현장
도자기를 빚는 도공처럼
세상을 변하게 하지만
하늘에 내린 밧줄에 매달린
짜장면 한 그릇
생명줄같이
가물가물 한 끼 때운 뒤
세상을 내려 보는 젊은 청춘은
하늘로 치솟는 꿈을
포기하지 않았다

* 1985년 7월 22일 해운대 하얏트 공사 현장에서

먼 길

속 빈 사람처럼 껄껄걸 웃고 있지만
난 울고 있다.
내가 그 길을 걸을 때
그 절벽 그 직 벽이 희망의 타종인양
말간 머리를 수없이 부딪쳐 보았다.
무엇이 진실이 있었을까?
천왕봉 그 험한 목숨 줄 열어
저기 저곳으로 향하는 천왕봉 영상
천상으로 오르는 길에
칼바위를 모르는 사람이 있을까.
그래도 내장을 절여 먹어도
내장은 뒤틀리지 않았다.
내가 걸어온 길을
굴착기로 파 뒤지고 파헤치는 것은
내 오장육부를 뒤틀어 놓는 것이 아닌가
광야 이 육사의 글을 감상하면
지금 내가 그때 일을 겪어 보지 않아도
우리 민족의 가슴을
날카로운 창날로
수없이 난창을 했는가를 알 것 같다.
제발 속고 속히는(?) 것은

인제 그만
세상 탓하는 것도 인제 그만
진실로 살아가는 세상이 되었으면
이제 내가 걸어온 길
뒤돌아보려니 그 길이 없는
이 세상을 어찌하라고

어매 가거든 여기는 오지마소

첩첩 쌓인 푸른 솔 그늘
무언으로 손짓 계곡에 앉아
지난 세월 뒤돌아보면
몸서리치지 않소
이제 다 잊고
뒤돌아보지 말고 앞만 보고 가소
산딸기 따다가 술도 담고
세상을 핥다 가던 것처럼
산기슭 솔가리를 뒤지며
비바람 천둥번개가 쳐도,
옴짝달싹도 하지 않고 서 있던
바위틈 소나무처럼 살듯
이제 뒤돌아보지 마소
인간 손에 닿지 않는
외로운 향기 진동하는
산 더덕 몇 뿌리 캐다
여름 내내 사랑 달군 날도
빨간 고추 따다가 다져 넣은
당신 손맛 나는 된장국에
갓 담은 김장김치 찢어
노쇠 숟갈에 얹어 먹고

힘이라도 돋우며 힘 좀 내소
미라처럼 야윈 몸
모진 세월 훨훨 털며
붉은 석양 속으로 가시거든
막내아들 등에 업혀
세상만사 다 잊고
지친 세월 잊고 편히 잠드소
저 별빛처럼 떨어지지도
달처럼 애간장 태우지도
동토 햇살이 해껏에 매달려
되돌아오지도 말고
그곳에 가거든
여기는 오지 마소

어매 제발 일어나소

모질게 살아온 칠십육 년 세월
황토 같은 심성으로 초가 밑 사형제 키워 온 것처럼
그것도 모자라 삼촌들 뒷바라지하던 것처럼 일어나소
저기 저 푸른 적송 같은 세월 속에 점점 삭정이가 된 어매
입에 물 한 방울 못 넣고 콧줄로 넣는 미음으로
세상 끈 놓지 않고 있는 모습 눈 뜨고 못 보겠소
살아있음도 죽어 있음도 아닌 중음 신으로
병원 한편에 누워 양 눈에 눈물이 고여 있는
어매 내사 못 보겠소
자식들 기억마저 왔다 갔다
용케 손자 손주는 알아보는 어매가 참 신기합니다
'할머니 빨리 나으세요.' 말똥말똥 눈꽃이 피고
종이 한 장 들지 못하는 힘으로 손주 손을 잡고 웃는 모습
가슴이 찢어지는 것 같아 내사 눈 뜨고 못 보겠소
어매의 명줄은 긴 세월 동안 모진 풍파 버텨 온 것처럼
세상의 인연을 놓치지 않고 링거 줄에 매달려 버텨 가는
어매의 의지는 지금껏 살아온 세월이 아깝지 않소
어매 제발 일어나 집에 갑시다
이제라도 훌훌 털고 막내아들 손잡고
참샘이 밭에 잡초 매로 가입시더
감꽃 떨어지기 전에 수박 꽃 떨어지기 전에

자귀나무

부잣집 담벼락 너머
분홍색 머리를 하고
지나가는 험상궂은 바람이
찰랑찰랑 흔들고
곁눈질하며 비웃어도
한 번도 스스로
존중 아니 한 적이 없다
어떤 누구도
함부로 하지 않았으니까
그렇게 진실한 사랑을 하는
이에게는
깊은 사랑에 빠질 것이라
믿기기 때문입니다
품위와 권위가
살아 있기 때문입니다
가난한 이에게도
허물어진 담장을 가꾸면
자귀나무처럼
품위 있는 사랑을 할 수
있을 것이다
먼 훗날 알지라도

길고양이

그렇게 믿었던
주인에게 버림받았다
이제 나비는 없다
쓰다듬어주는 주인의 손길에
골 골 골
고맙다는 답례로 이쁜 짓도
인제 그만
주인의 나들잇길 승용차를 타고 가다
갑자기 멈춰선 한적한 도로
장끼 한 마리
푸드덕거리자 쫓아간 것이
주인과의 마지막 이별이었다.
이별한 도로변 수로에서
새로운 생활이 시작되었다.
아늑한 아파트 보금자리가 그리워
수로의 밀폐된 공간을 비집고
미친 듯이 벽을 후벼 팠지만
피투성이 발톱에 묻혀오는
시커먼 아스팔트 기름 덩어리
그 순간
번뜩거리는

야성의 본능
살아남아야 한다.
결코, 이대로 죽어갈 수는 없다.
세상에서 가장 위대한 힘을
스스로 일으켜 세운
야성의 눈빛으로
가장 힘이 필요한 것과
가장 약한 곳을 공격하여
살아남기 위해 날카로운 발톱 세워
일격에 먹잇감의 숨통을 끊는 일
얻어먹고
골 골골 아양 떠는 일은 이제는 없다.
이제 진정한 자유를 찾았다.
되찾은 본성
내 이름은 길냥이
들고양이다.

고향 가는 길

검은 바탕에
은빛 점들조차 무심한 밤
통통 튀는 자갈 위로
울퉁불퉁 멀미 나는 신작로
지금은 흔적조차 없다.

까맣게 깔린 아스팔트
그곳엔
미루나무 가로수 없이도
더듬더듬 옛 기억 속에
찾아가는 고향길

옛 추억을 더듬는 나에게
소름 끼치게 하는 찬바람은
인정사정없이
새색시 치맛자락 들쳐버린다

두 눈 가린 손가락 사이로
질주하는 한 쌍의 불빛이
무언으로 사라진 그곳엔
꽁무니조차 보이질 않는다.
지난 세월처럼.

청춘을 불사르다

열아홉 살갗 청춘이 입영 열차를 탔다
세상 밖을 나가 본 적 없는 낯선 타향 길
논산 눈물 고개를 넘어
홍천 화양강을 건너
아홉 살이 고개도 넘고
삼마치 고개도 수없이 넘나들 때
한정된 공간 속에 폭발하듯
수없이 튕겨 날 듯한 젊은 혈 같은 브레이크 유
이를 막으려는 브레이크 드럼 판
수없이 밀담하다 불이 붙어
화염이 천지를 뒤덮을 때
잠시 휴전 시간을 가질 무렵
철모를 들고 계곡물을 퍼다 붓는다
이런 반복 된 삼십 개월 동안 자리 잡은 곳
잠시 지나온 날을 기억하며
치악산에 덮인 눈같이 하얗게 잊고
고향으로 돌아갈 날을 기억한다
3일을 앞두고

* 1984년 12월 1일 원주에서

촌놈

허름한 아버지 외투 같은 소 마구간
유학 간 작은형 학비 줄 종잣돈 같은 누렁이
번득 논 딸기밭 이랑에 퇴비가 흩어지고
새마을운동을 하고 있다

누렁이 콧구멍 속에서
새벽 찬바람이
내 가슴 움츠러든다

쇠똥 묻은 검정 고무신
풀 위에 쓱쓱 감춰 닦아
십 리 자갈 신작로 길 걸어온
부곡 유황온천

혼자 열리는 출입문을 외면하면
촌놈 행세가 신기하여
아래위로 훑어보는 관광 온 서울 아지매
볼그레한 분칠이 내 눈엔 더욱 신기하다

훑긴 한 쇠가죽 가방 든 청년
그 모습이 그녀의 얼굴만큼이나
멋지게 보이던 지난 세월

내 기억 속에 사라질 때쯤
자동문 설치하는 기술자가 되어 있었다.

토함산 종소리

한 해가 저물기 전 한걸음 또 한걸음
이 땅의 빛을 가져와 동해의 눈을 뜨게 할
토함산 돌계단을 묵언으로 오른다
마흔일곱의 궁핍했던 밭고랑을 넘어
길게 세워진 옥수수 알갱이만큼이나
촘촘히 박힌 세월 속의 별처럼
불국사 대웅전 추녀 끝에 매달린 고드름
땅바닥을 향한 날카로운 눈빛이 되어
허공으로 부푼 서릿발과 교신을 하고 있다
지난 세월의 흔적을 잊으라는 것일까
저 멀리 가물가물 그리는 풍경 소리
발걸음 재촉하는 새벽 기도 소리가 들려온다
묵은해를 보내는 것과
희망찬 새해를 맞는 기도일 것이다
시곗바늘은 어김없이 "딸각"
지난 삶의 흔적들을 지우라고
한해 첫발을 디디는 제야의 종소리가
천지에 소식 전한다.
아침을 뚫는 햇살은
일찌감치 굳었던 땅을 뒤흔들며
구름을 걷어내는 해 오름

한해의 발걸음 시작하는 젊은 혈육은
황금을 가슴에 안을 기대 적이다
대가람 불국사를 함께 지켜온
불국정토 노송은 솟대를 세우고
가슴에 품은 햇살은 바닷물을 끓여
그 희망과 미래가 나와 동행한다
그곳의 종소리 울림 따라….

바다가 보이지 않는다

노부부의 삶의 터전

꾸역꾸역 토해내는 굴뚝 연기 속으로
임해진 나루가 나지막이 층 만들고
길게 늘어놓은 하천부지는
언제부터인가 노부부의 삶의 터전이 되었다.
여름 한나절 잘 익은
선홍빛 수박 속으로 목축여
가을 맞은 장만지 무가 친한 친구가 되었다가
청둥오리 갈대숲 헤집는 해 그름에야
자라 산 등줄기에 걸터앉은 낙양에 휩싸여
쉼 없이 넘쳐흐르던 농수로는
이미 물이 마르고 있다
긴 세월 서릿발마저 마른 벼 그루터기가
허수아비 강 바람맞으며
흙먼지 신작로 따라 걸어오는
갈걷이 끝난 저 노부부는
애초부터 사랑에 빠져 있었다.

지금 고향에 가면

고향에 가면 따다가 남은 감 홍시가
여기저기 내팽개쳐져 있다
혹한에 견디어 낸 저것들,
입맛 잃은 저 미련한 것들
식어버린 사랑을 꺾는
아버지 전지가위 소리,
점점 화색이 돈다
양지바른 돌담 밑으로
이른 봄 부르는 민들레가
숨 막히는 도전장 던지며
굳은 땅을 밀고 있는 소리가 들리고
따스운 햇살은 아버지 호미질 소리처럼
매화 눈뜨는 소리가 들려온다
생존의 발버둥 치는 것 같이
봄의 전령사들만의 영역은 아닐 것이다
낡아 빠진 겉옷 벗어
한발 한발 내디디는 발걸음이
한바탕 웃어넘기는 생각을 하며
조심스레 땀방울까지 맺힌다.

지구대의 애환

땡볕이 살갗을 찢는다. 고통 속에 눈물이 흐르고 간간이 어머니 같은 바람이 그 아픔을 어루만져 준다. 수없이 날아드는 전파 속에 지시와 명령 그것들을 기억 속에 담아 그른 지시든 그러하지 않은 지시든 대꾸 한마디 못하고 행동으로 옮기려 머리에 불을 켠다.

수 없는 사고가 도사리고 있는 빌딩 숲속에는 온갖 색깔로 눈물로, 가슴으로, 알아들을 수 없는 사연으로, 세상은 온갖 불만투성이로 아우성이다. 그러나 우리는 그 불평도, 아픔도 괴로움도 기쁨도 사랑도 느끼지 못하게 무음 신으로 살아가야 한다.

저 마산 앞바다 함 모퉁이에 방치된 모래 알갱이 하나라도 흩어짐 없는 정신을 놓치지 않는다. 밤낮으로 날개를 펴고 한시도 마음을 놓을 수 없는 곳 신마산 수비대는 영원히 날개를 접지 못한다.

죽음의 육신으로 알코올 속에 담겼다. 말린 박제가 되어서도 영혼처럼 살아야 한다. 눈에는 수없이 칭얼대는 민원과의 싸움으로 피를 부르는 속고 속이는 이곳 온몸에는 알코올 기운이 도심 속에 퍼지는 시간 무전기 소리조차 정신을 잃게 한다.

세상이 바뀌는데 거대한 마창대교처럼 바다 건너 있는 마음을 내 앞에 서서 혼탁해진 세상 사람들의 마음을 씻어보자 그 마음을 씻기 위해 밤을 낮처럼 눈에 핏대 세우고 여기저기 페놀 먹은 잉어 떼가 되어 쓰러졌다 일어선다. 무전기 소리가 멈춰지지 않는다. 다시 동토에는 태양이 솟는다. 크고 작은 사고들 잠시라도 멈춰주었으면….

뜬눈으로 밤을 새운 지구대 대원의 수명을 몇 년을 앞당겨 놓았다 하늘처럼 높다고 외치는 그들 늘 사심에 빠져 인간이기보다 목살을 풀어 주지 않는 타인처럼 우리의 밥그릇을 보면 눈물이 난다 그 밥그릇마저 발로 차고 있는 지금 혼신을 다해 버티고 있다. 인간답지 못한 이들의 기대를 바위에 계란을 던지고 있다. 신마산 수비대는 오늘도 힘찬 박수 소리와 함께….

종가경찰 宗家警察

무학산舞鶴山 지열地熱 같은 뜨거움과 합포만 넓은 가슴을
가진 문중門中의 맏이로 74년을 지켜온 가말다 한 대종大宗*이다

마산馬山을 그느르다 작고作故한 뭇 선배先輩의 혼이 길잡
이가 되어 활화산活火山처럼 타는 자긍심이 높은 담장을
허물어 소통疏通의 무궁화無窮花 꽃을 피웠다

묵은김치 맛 같은 오랜 경험과 지혜智慧는 바늘구멍에 실 꿰는
듯한 과학수사科學搜査로 주민과의 공감共感과 친절親切과
봉사奉仕로 뭉친 명품 경찰이 있는 마산중부경찰서馬山中部警察署다.

* **대종(大宗):** 대종가(大宗家)의 계통(系統)으로 가장 큰집으로 일가 가운
데 가장 큰 종가를 말함.

바다가 보이지 않는다

오늘은 바다가 보이지 않는다
어디선가 귀에 익은 소리가 들린다
끼룩끼룩 가까웠다 멀었다
하지만 그의 모습은 보이지 않는다.
우울증 같은 한여름 잦은 소나기가
점점 구름을 밀어 바다를 가렸기 때문일까
아님 구린내 나는 세상을 보기가 싫어
마음 닫고 귀 막고 눈이 멀었을까
지금은 내 모든 마음과 어느 쪽으로도
시선이 집중되지 않는 내 시야와
검게 묻혀 버린 기억이
축농증 환자처럼
냄새조차 맡을 수 없이 힘들기 때문이다.
언제쯤 나의 마음은
저 넓은 바다의 마음속에 들어가
여린 속내를 잠들기 전에 누에 뽕나무 잎 갉아 먹듯
낭만을 찾아 떠나던 그 바다를 볼 수 있을까
점점 몸은 쇠약해지고
마음은 천근만근 무게를 더해가는 언제 훨훨 떠날까
바닷가에 떨어진 갈매기의 깃을 주워 보은나
양팔을 펼치고 꿈을 꾸고 있는 것처럼….

지리산

천왕봉 법계사가 내려 뵈는 골짜기
여인네의 옷자락처럼 날리는 낙엽이 있다
가슴으로 타고 오르는 검은 그림자처럼
양 머리를 거머쥐고 매달린 고독을 씻어 내린다
빗줄기는 갈팡질팡 흩어진 마음을
커피잔 속에 한 방울 두 방울 담아 놓은
그리움을 마실 때쯤
사늘해진 몸짓으로 닿으면
그대의 향기쯤 온데간데없고
그리움만 커피잔 속에 내가 보인다
안개를 걷어 내는 일출의 현란처럼

세월의 구름은 허물인가

세상의 빛을 주던 태양은 지친 모양이다.
붉게 물든 지상
아픔조차 느끼지 못한
늙은 당산나무 위에 북소리
새벽이슬 털고 일어나던
아침 햇살의 태동은 사막으로 내몰고 있다.
타들어 가는
자신의 살갗은 허물만 벗어놓고
구렁이 꼬리에 매달려
깊은 땅속으로 이끌고 가버렸다
후세의 풍요와 흥겨움, 바람도
기계 소리가 들려오면서
암흑 세상이 되어 무취 무색으로
문양만 남기고 간 역사 속에 인물들
한번 들어간 땅속에 뒤돌아볼 수 없는
구렁의 습성처럼 되어 버린 뒤
내일을 생각지 않는 것들
오늘만 기억하는 현실적 인간
뒤돌아보지도 않는 세월은
끊임없이 땅 구멍으로
끊어진 꼬리조차
남겨두고 가버리는 인간의 미완성

나의 심장 황지 못

겹겹 쌓인 풍경의 눈망울로
당신을 찾아가는 그 길은
순홍빛으로 물들인 코스모스가
탱글탱글 여물은 씨앗으로
내 빈속을 가득 채워 준다
하늘을 치솟는 산세가
알프스를 부러워하랴
쭉쭉 뻗은 육송과 길게 늘어진
당신의 혈관을 붙들고
힘찬 날갯짓으로 오르는 이 길이
석탄 실은 화물 열차처럼
하얀 연기를 뿜으며
타들어 가는 내 목을 축여 준다
내 시야에 들어오는 당신은
먼 길 떠났다 귀향하는 아들 반기듯
눈시울에 눈물이 고인다.
이내 고향 품속처럼 따뜻한
태백사람들 마음속에 몸을 맡겨 버린다
태백산맥의 위엄으로 자리 잡은 시가지가
궁전처럼 펼쳐져
그 속에 청옥같이 빛나는 청수가

우리들의 몸속으로 힘차게 분사하는 소리
내 심장박동 소리처럼 점점 힘이 들어가고
그 맑고 깨끗한 혈류가
우리 낙동강의 근원이 되어
청량산 어깨춤으로
저 남해안을 따라
태평양을 품에 안으리라

갈무리

올가미에 걸린 듯
온몸으로 부딪쳤던 그것들도
기억조차 하기 힘들지만
오늘은 참으로 귀 한 날이다

지난 시간을 뒤돌아보면
생살 벗기듯 했지만
아픈 기억보다 따뜻한 기억 속에
그것들은 지워 버린다

나를 숙성 시킨 그 올가미가
고향 집 조선간장처럼
겪으면 겪을수록 달콤하다

늘 그랬다
천수답 같은 백사장에
땅 가시가 목마름을 애원하듯
아침이슬을 받아먹고
그렇게 연명하고 있다.

저 이슬 같은 생명수를 받아
미래의 꿈을 키우는
새해를 알리는 타종 소리에
복잡했던 지난 일을 갈무리한다

멀고도 먼 길

어디에 머물러야 할까
어디로 가야 할까
그곳은 알 수가 없다
그 길을 어차피 가야 하는 길이지만
가깝고도 먼 길
내가 걸어가야 할 길
굽이굽이 돌고 돌아
늘 그 자리에 맴도는 삶
잡힐 듯 말듯
뛰었다 걸었다
거친 숨을 몰아쉬기도 하는
나의 길은 가두리 양식장
나는 오늘도
그 먼 길을 또 나선다.
나에게는
보이지 않는 길일지라도
걷고 걷는 먼 길

유월의 비

저기 저 낙동강 가에 물이 불어옵니다
임해진 나루가 점점 잠겨가고
빗줄기가 굵어집니다.
내 마음도 점점 다급해집니다.
내 마음이
저기 흐르는 산줄기를
타 내려 모인 흙탕물에
마음 빼앗겨 갈까 두렵습니다.
잠시 불안한 마음에
넋 잃은 듯 바라보다
빗줄기가 점점 황폐화시키는
저 오물들이 가다가다 지치면
바닷물에 가서는 마음잡을는지
겉에는 멀쩡해도 속 깊은
저 낙동강 물은
지금껏 살아온 내 아픔도
저 강물이 줄고 흙탕물이 맑아져도
비리 끝 절벽을 한가로이 부딪치는
잔파도의 비명처럼
먼 세월은 나를 잊지 않겠지
내가 여기서 있는 이유도 알겠지

날개 달아 주소서

그 힘찬 발걸음은 벼랑에 서서
험난한 계곡을 따라 어김없이 헤쳐 온 문학도의 보금자리
토함산 석굴암 해공 왕 10년 불국정토
세계 현세를 구현한 대가람이 되듯
이 험난한 문학의 길을 등에 업은 자식처럼 내려놓지 마시고
날개를 달아 훨훨 비상하게 힘을 주소서
순진함이 몸에 밴 우리는 절벽 밑이 얼마나
낭떠러지인지도 모른 체 무작정 돛을 올려
흐르는 강물 따라 노를 저어 앞만 보고 갔을 뿐입니다.
점점 믿음이 사라지고 금권문학의 길을 걸어가는
몰상식한 이들이 눈칫밥 먹는 줄도 모르고
벼랑에 떠밀린 수년 묵은 고목은
가슴에 구멍 난 줄도 모르고 자기 속만 채우는데
욕심 없는 문학도는 여기저기 눈치 보다
길을 잘못 든 탓인가
앞길은 훤한데 가는 길은 어찌 이리 어두울까?
하얀 눈이라도 펑펑 내려 세상사 덮어
그 밝은 빛으로 길을 열 수는 없을까?
이 사람 저 사람 탓하는 이
잿빛 다정한 비둘기가 되고
선두자로 이끄는 이

망망대해를 비상하는 갈매기 되고
질퍽한 갯벌 속에 허우적대는 이
어두운 밤길 일지라도
툭툭 털고 대낮처럼 나는 부엉새 되고
대열을 벗어나려 하는 이
원앙새 되어 사랑을 배우게 하고
두루 경험한 노장은 학이 되어
달팽이처럼 늦은 이를 손을 잡아끌고
불평불만으로 가득 찬 이
그 짐을 한번 맡겨 무거움 느끼게 하여
갈등으로 마음 찢어지기 전에 다 같이 기러기가 되어
질서 정연하게 대열을 이어
작지만 큰 힘 있는 날개를 달아 주소서

복어 집 할매
-오동동 덕성 복어 집에서-

더덕더덕 온 세상 둔덕이
무거운 눈꺼풀로 밤새워 떼고 나니
오동동 골목길 할매 복어 집이 생각난다
마산 앞바다의 갯내음이 코를 찌르고
그 길을 다듬질하는 내 발걸음
이 골목 저 골목 복복 그린다
그 속을 비집고 들어가는 낯익은 얼굴들
복어 맑은 탕처럼 속이 시원케 반긴다
할머니의 웃음소리와 표정
내가 뒤돌아본 세월 속에 담아
지워지지 않는
일곱 살 난 손자가 되어 응석을 부린다
마흔일곱 중년이 장작불에 익은
구들 같은 가슴에 앉았다
지난밤 지긋지긋 깜깜한 동굴 속에 갇혀
신들린 집 나온 이들의 방황을 잠재워
이집 저집 귀가시켜 놓고 나니
내 머리가 흐리멍덩해지고
눈동자는 잔 핏줄이 터져 토끼 눈이 되고
눈꺼풀이 자꾸 처져 내려간다.
내 시야가 아침 햇살을 받는 듯하다

'할매 갈치조림 좀 더 주이소'
'이모야 밥 좀 더 주이소'
정겨운 목소리가 절로 나온다.
말간 국물 속에 식초 한 방울이
그릇 속에서 고향 우포늪 새벽안개같이 퍼지며
하룻밤 찌든 허상을 모두 떼어내고 있다
세상 밖이 한눈에 들어온다.

낙엽 따라 가버린 세월

석양의 아름다움보다
지난 삶이 얼마나 애처로운지
당신의 까만 눈동자를 보면
거울같이 비춰준다

붉게 물든 이파리마저 힘없이 떨어지는 풍경
앙상한 가장이 틈으로 가을걷이 끝난 들녘
온몸이 오싹하게 스쳐 가는 바람이 분다

시퍼런 칼날 위에 선무당처럼
먼 길 걸어온 세월같이 동행한 산과 들은
그 아름다웠던 옷을 벗고 한탄을 한다

이미 텅 빈 가슴을 채우려 발버둥 치지만
돌이킬 수 없이 떠난 그 길은
낙엽처럼 돌아오지 않는 자유를 찾아 나선 노숙자가 된다

잠시 머문 잔잔한 파도와 마주한 자그마한 주점
감미로운 음악 소리가 귓전에 동냥하듯 맴돈다
세상을 다 내어주는 음률 때문에 혼미해진다

떨어지는 별을 담아 맥주잔을 기울여 보지만
숯덩이가 된 지난 그리움은
황량한 산길을 따라 휑하니 달아난다
언제나 어린 시절 술래 같은 세월처럼

단풍 마 같이 닮은

아버지 어머니의 깊은 사랑이
밤새 흔들리는 몸을 단풍마 줄기처럼
놓지 않으려고 온몸으로 안고 있다
그런 사랑이 머문 자리에
봄이면 땅 기운을 받아 세상 구경을 한다
한평생을 보낸 그 자리에
가끔 앙살도 부리지 않고
가끔 고집도 부리지 않고
가끔 갈등도 가지지 않고
사랑은 흐르는 물처럼 멈추지 않았다
늘 자기의 위치를 벗어나지 않고
젖은 모래가 마른 모래의 목마름을 알듯
가뭄이 오면
아껴 놓은 사랑의 물을 나누며
외줄기로 살아왔다
점점 험악해지는 세상을 사는 동안
봄바람에 흔들리는 소나무 가슴처럼
흔들리며 날리는 송홧가루가 되지 않고
변함없이 세상을 살아가는 것은
아버지 어머니 유전자를 받은
단풍 마 같이 닮은꼴이다

임진년의 꿈

흑룡이다. 흑룡!
전국 방방곡곡
힘찬 함성이 들려온다

동토에 흑 여의주의 빛이
먹장구름 걷어내고
임진년 하늘을 열었다

얼었던 마음을 깨고
굳게 닫힌 가슴을 열고
흩어진 영혼은 하나가 되고
온화한 눈빛
열린 가슴은
한반도의 평화를 꿈꾼다

언 세상을 녹이는
동해의 끓는 물결로
끊어진 한반도를 이어보자

정연이 넘치는 힘과
세계로 미래로 열어가는 지혜와
사랑이 넘치는 저 포용력으로

아직도 고향에 머무는 것은

내 고향에 가면 아직도 목빈등* 아래
물봉선화가 재잘재잘 귓속말을 하며
오석바위 위를 먹물 갈듯 흐르는 개울 따라
말벗하며 피어있다
아침 이슬처럼 둥글게 둥글게 만한
벌거벗고 자란 내 유년의 고향은
내 차가운 손을 매만지며 나를 반긴다
하늘로 치솟은 참나무는 변함없이 그때 그 자리에 앉아
주봉산* 팔부능선 어머니의 젖줄 같은 약수를 빨고 있다
가물가물 보이는 덕암산* 아래 쩔쩔 끓는 온천물은
내 가슴에 불덩어리 같은 젊음의 꿈
그때 그 시절도 지금도. 아버지. 어머니의 땀이
참 샘이 밭 수박 넝쿨 같이 펼쳐진 전답 위에
화선지를 깔고 필봉산* 붓으로 시 한 수 휘저어 보는 지금
나의 존재는 무엇이며 또 어디로 흐르는 걸까
아직도 고향에 머무는 것은 또 무엇일까?
끝없이 타는 저 불덩이 같은 가슴을 언제 또 잠재울 것인가

* **목빈등(斬山)과 주봉산**: 경남 창녕군 부곡면 청암리 마을 뒷산. 대개 마을에 자란 분들은 목디산이라고도 하는데, 청암 북쪽 돌 굿 봉에서 뻗어 나온 산줄기로 어느 도사가 산세를 보고 역적이 나올 것이라 하여 산의 정기를 끊으려 산 중턱을 깊이 파고 숯불을 피워 그 맥을 잘랐다 한다. 만약 맥만 끊지 않았더라면 청의장군이 나라에 큰 공을 세웠으리라. 청의장군은 청암산 (목빈등 또는 참산)에 살았던 키가 구척이고 힘이 장사일 뿐만 아니라 무예와 도술을 자유자재로 부리는 사람이라 모두들 장군이라 불리었다 한다. 장군은 자기의 때가 오기를 산속에 숨어 기다리며 무술을 연마하고 부하들을 모으고 있었던 것이다. 그런데 어느 도사(倭人)인데 중으로 변장하고 있었다 이 근처를 지나며 산세를 보나 장차 나라에 역적질을 하고 소란을 일으켜 어지럽힐 사람이 날 것이니 미리 예방하여야 한다고 조정에 알렸던 것이다.

나라에서는 그 도사의 말만 듣고 산 정상에서 뻗어 내려오는 산줄기 하나를 잘라 버리라고 관헌에 명령하였다. 산의 줄기를 자르는 방법은 줄기의 등 땅을 깊이 파고 숯불을 몇 날 며칠을 피워 산의 푸른 정기를 말리는 것이었다. 과연 등을 파고 불을 질러 놓으니 참산 줄기에서 백마가 날아 나와 남쪽으로 날아가 대밭골 뒷산에 떨어져 죽고 말았다. 이 백마는 청의장군을 태우고 천하를 태평하게 하며 큰일을 하게 할 말로 땅속에 숨어 있었던 것이었다. 또 그 줄기에 백만 대군이 있었는데 숯불에 모두 다 죽고 말았다. 백마가 떨어져 죽은 곳이 대밭골 뒷산인데 이곳을 "백마당걸"이라 부른다. 목빈 등은 목을 베었다는 뜻으로 [斬山]을 쓰는데 실은 이 산은 옛날에 구리를 캤던 광산이므로 구리를 채굴하기 위해 산 곳곳에 굴을 팠으므로 속이 비어버렸다는 [목이 빈(空) 등]으로 봄이 옳을 것이다. 옛날 구리를 캘 때는 산 위에서 아래로 구멍을 파 내려갔는데 소쿠리를 달아 내리고 올렸다 하며 그래서 그 깊이가 너무 깊어 사람이 그 구덩이에 한 번 빠지면 죽고 만다고 전해온다.

* **덕암산**: 부곡 온천 뒤에 있는 산.
* **필봉산**: 청암 남쪽의 산으로 청암산의 한줄기로 붓대처럼 생겨 이 산봉우리.

자, 보라! 大韓民國 독도獨島를

자 보라!
환해環海 위에 천하를 거슬러 당당한 꾸밈새!!!
누천년累千年의 온몸을 덮친 비바람 칼날처럼 날카롭고
이제 지난 상처는 아물어 가는데
물빛 맑은 푸른 옷은 용등龍燈처럼 빛난다
너의 등 작위에 6월 생초목이 서러운 응어리에
양쪽 어깨의 힘을 딛고 육풍을 가슴에 안는다
끼루룩 끼루룩 너의 정수리
비상하는 날갯짓은 지칠 줄 모른 채
해구海寇를 쫓는 지킴이의 고독한 해조海鳥의 모습
이제 당신의 살점 없는 몸집에 大韓民國 國民의 열망이
그 푸른 옷을 입고 소망의 노래로 외쳐보고 싶다
大韓民國 만세를…
임의 고고한 육신은 우리 희망의 비전
내가 펼쳐놓은 손 오므려
후손들에게 남겨놓을 대한의 위대한 산성 독도

초심으로 돌아가자!

짙푸른 풀잎에 맺힌 이슬처럼
청명한 마음과 향기를 뿜어내는
초심으로 돌아가기 위해 여기에 모였다.
봉사와 희생이 몸에 밴 우리는
첫사랑처럼 열정적인 사랑같이
마음의 소통이 되지 않으면
봉사 굿* 보기와 같이 될 것이다.
지금 이 시간 스스로 초심을 찾지 못하면
폭풍에 메마른 모래 무덤과 같이
훨훨훨 파멸의 위기에서
벗어나지 못할 것이다.
여기 열변을 귀 기울여라
굳은 땅을 힘차게 밀치고 나오는
희망찬 새싹처럼 온화함을 가슴에 담아
그 순수함으로 일선으로 돌아가자!
우리가 꿈꾸는
우리가 원하는 청명한 조직이 되기 위한
국민에게 인정받는
국가에서 필요로 하는
국민에게 필요로 하는
초심으로 어는 경남경찰로 돌아가자!

* 봉사 굿: 진가를 알아볼 능력이 없이 헛수고를 비유함.

삶

낙동강 근처 초가지붕 밑에서 태어났다
일곱 살 때부터 생존을 위해 일했고
열살 터울 진 누이를 업고 키웠다
열아홉에 나라에 부름을 받아
처음 내가 살던 우물 안에서 탈출
먼 강원도 산골 전선에서
북녘땅을 향해 총칼을 겨누기도 했다
펄펄 끓는 피를 주체할 수 없었던 젊음
태백산 용솟음친 낙동강 물줄기 따라
먼바다를 향해 뛰기도 하고
그러다 쓰러지기도 했다.
얼마나 넓고 깊음도 모른 채
온몸이 퉁퉁 불어 뭉개지는지도 모르고
걸어서 또 걸어서 낙동강 물 따라
크나큰 바다에 도달했다
그것이 끝이라는 것도 모른 채
그때야 발버둥 치는 숭어 떼처럼 역류했다
그렇게 스무대에 모진 풍파를 겪고
파상풍같이 제 살 썩어가는 힘겨움에
이미 낙동강 줄기같이 병들어가고 있었다
모진 생각과 살아야 한다는 생각은

다시 수년이 지난 낙동강 전투처럼
점령당했다 점령하는 싸움의 연속 끝에
전투는 끝나고 평온을 찾는 승리의 깃발을 들었다
병든 육체는 고향산천 아침 이슬처럼 맑고
삶의 전투장에는 달콤한 시 한 수가
단맛 나는 고향 텃밭에 영글고 있는 요즘
팔순 중반을 넘겨버린 아버지 땀방울로 키운
오이, 가지, 토마토, 빨갛게 익은 고추가
손자 손녀를 기다리고 있다
허물어진 벽을 타고 오르는 더덕 뿌리는
먼저 가신 어머니 앙금 같은 땅 기운과
아버지의 손길로 오르는 넝쿨 같은 온기가
잊어버린 옛 추억을 되살리고 있다.

선운사의 기억

시월의 마지막 남은 이날

안개 낀 천왕봉을 칼바위가 등에 진
아쉬움에 아린 가슴은
가녀린 여인네의 떨리는 손끝처럼
형형색색으로 타오르는 그곳에
내 눈길은 멈추어 섰다.

힘없이 나뒹구는 낙엽을
한 장 두 장 주워 담는 내 손길은
어린 내 추억의 갈피 속에
한 갈피 또 한 갈피
쌓아둔 사랑이라 말할까?

헐떡이는 숨길조차
말간 하늘에 맡긴 채
고난의 이마에는 송골송골
맺힌 이슬이 안개처럼 걷히면

내 꿈을 주워 담아
쓸쓸히 되돌아오는 굽이친 그 길이
그리 가볍지 않은 것은
지리산 풍경 속에 담은 상흔들이
하나둘 무언으로
떠오르기 때문일까?

시월의 마지막 남은 이날
그리운 벗들에게
절정으로 물든 배경을 담아
아픈 상처 아물도록 사랑의 편지를 적어
임의 창가에 살짝 놓고 와야지

오늘은 시리도록 아프지만
추억 속에 詩 한편으로
따사로운 봄을 불러 새살 돋을 때
그때 그날이 헛된 삶이 아닌
정녕 아름다운 사랑이었다고

선운사의 기억

서해안 길게 뻗은 혈류 타고
수십이길 달려온
진하디진한 백일홍 향기가
한나절 내내 복분 자 갈아놓고
충혈된 눈을 씻는다

선운사 계곡 꽃 지느러미 띄운
우두머리 열 묶어
가슴에 담겨 있는 아픔도 잊고
슬픔도 잊고
이리저리 천하태평인데

긴 애오갈이로 썩어 터진
떡갈나무 계곡 넘어
회오리바람 타고 오르는 칡넝쿨에
숨통 막힌 적송은 애간장만 태우고

선운사 풍경 소리 내 가슴 토닥이며
백일홍 꽃잎 띄워
약수 한 모금 얻어먹고
길게 뻗은 녹차 밭이랑에
꿈이라도 심어보고 싶구나

기다림에 지친 사람처럼

그리움에 지친 새벽
별빛 뒤척임에
나를 깨워
당신 품속에 파고든다
늘 그리워해 놓고
이렇게 외로운 것은
봄볕에 달궈 시든 꽃잎처럼
여린 마음 때문일까?
때때로 타오르는
투우사의 현란한 몸짓으로
심장 깊숙이 꽂아 놓는
날카로운 창날도
나를 현혹한
춤추는 여인이 되어
매혹적인 허리를 휘감는다
기다림에 지친 사람처럼

아~유월의 선열들이여!

유월의 찔레꽃 짙은 향 피워
누런 상복_{喪服} 갈아입고
가시덤불 머리 풀어
펄펄 끓는 젊은 주검 앞에
고개 숙여 녹풍_{綠風}으로 식히는구나

빗발치는 폭탄에 칼날처럼 깎이고 깎인
비리 끝 절벽 밑으로
구천을 맴도는 선열들이
적년_{積年} 이 지난 지금도
목청 높여 귀청 울린다

아~유월의 선열들이여!!!
20대 젊은 나이에 몸뚱어리 바쳐
밀고 밀리는 낙동강 전투에
피 끓는 영혼들이 겹겹 쌓여
초연_{硝煙} 속으로 사라지고

열사烈士들의 살점 갈기갈기 찢어
흩어진 뼛조각이 지금에야
편편옥토片片沃土를 일구어
온 들판에 감자꽃 피어올라
응어리진 피 낙동강 물에 씻어본다

내가 걸어온 길

세상 살아온 날이
디렛티시마 삼천 미터 죽음의 직 벽을 오르듯
내가 걸어온 길이
칼날처럼 떨어져 나간 바윗돌이었던가

수십 미터 계곡 따라 흐르는
폭포수 물 뺨을 수없이 맞으며
터질 듯한 가슴을 움켜쥐고 수없이 뛰어내린다

그렇게 흐른 세월로
날카로운 바위 돌을 다듬는 일이
무척 힘들고 숨 막혀 헉헉 거린다.

그 길이 만만치 않다
오뚝이처럼 살아온 삶도
이제는 세월에 묻혀 그 길도 막혀 버렸다.

어떻게 하면 저 직벽을 뚫고
굽이치는 강줄기를 따라 광활한 바다에 닿아
거제 앞바다 몽돌처럼
깊은 사랑에 빠질 수 있을까?

아직도 날카로운 손날을 뭉개고 있다
저 먼 사랑의 꿈을 향해….

황토집 예촌

무학산 남단에는 늘 나그네를 기다리는 예촌 찻집
황토로 빚은 장대한 기골과 풍모로 서 있다
하늘 받쳐 있는 처마 밑 풍경 소리가
당신의 품속같이 포근하다
도심 속에 심복통心腹痛은 녹차 한잔으로 소거掃去한다
엉금엉금 기어오르는 연기 따라
이리 붙이고 저리 붙이고 떡 벌어진 벽난로 입안으로
장작 쌓아 불 지피는 당신의 뒷모습
훨훨 타오르는 불길마저 옛 향수를 느끼게 한다
첫 방문객의 힘껏 내려친 행운의 종소리
무학산 자락을 타고 울려 퍼진다
땅거미 밀려들 때쯤
긴 세월로 손때 묻은 창틀에 짜낸 촛농같이
천년 사랑이 눈물 자락으로 쌓여가는 밤
황토로 빚어낸 예촌 형상 그대로
무학산 자락 황토와 석을 다듬는다
무언으로 무명자의 흔적 없는 자국들
목공의 흐르는 땀 소리로 빛을 부어
꿈틀꿈틀 힘 솟는 느낌이
얼어붙은 내 가슴을 사랑으로 녹여 준다.

지리산 천왕봉

취연으로 뒤덮인 만록에 용트림
바위틈 사이로 쏟는 폭포수 귀 기울여
천왕봉 천리행룡千里行龍을 향해
가쁜 숨을 몰아쉬고 있다

돌출된 젊은 뿌리 여인네의 고운 볼로
촉촉이 감싸는 이끼 송취松翠에게 반해
깊은 사랑에 빠진 한 쌍의 부부가 되어

송풍松風으로 헐떡이는 가슴 어루만져
목마름 적셔주는 혈류 같은 수액 한잔으로
수없이 저 영상嶺上을 오르락내리락...

천왕봉 정상 무명 솜처럼 펼쳐진
운해에 휩싸여
저 멀리 칼바위 날 세워 송림의 빗질로
안개비 땀 훔치며 낙양 따라 돛단배 띄워
신선 되어 하산한다.

지호의 두 바퀴

천사처럼 웃고 있는 얼굴
가슴을 움켜쥐고 얄팍한 비단 조각처럼
펄럭이는 아버지의 눈
독수리 눈을 가진 헬멧은 쪽빛 하늘을 가르고
레일처럼 땅을 디디고
엎겹게 살아온 고단한 세월은
피멍 든 가시연꽃처럼
하늘로 하늘로만 오른다

중얼중얼 목에는 엄마를 달고
등에는 아버지를 업고
세상을 밝히는 지호의 숨소리
왼쪽 페달은 엄마를 닮고
오른쪽 페달은 아버지를 닮고
앞만 보고 달리는 저 고단한 젊은 청춘

외롭지 않은 동행 길
맑고 깨끗한 세상을 꿈꾸는 지호
사계절 변함없이
세상을 열어가는 지호의 두 바퀴
여섯 살 어른으로 하늘을 난다
선두자로 가쁜 숨을 고르고 있다
두 바퀴! 두 바퀴!

눈물 자국

지금 내 눈에 들어오는 것
푸른 바탕에 쭈뼛쭈뼛 제 살 뚫고 나온 가시연꽃
질퍽한 뻘판에 수없이 지켜온
저 넓은 늪 같이 누운 가시 연잎 위에
눈물 자국이 여기저기 피어있다
어젯밤에 수없이 지나간 빗물들

늪을 뒤지는 노랑부리저어새가 잠시 쉬는 틈 타
쇠물닭 가족 행렬이

흔적 없이 지나간 자리를 지나
노랑 저고리 입은 소녀들이
저 뻘판 위에 모였다
맑고 깨끗한 마음이 모였다.
수없이 아픔을 디디고 선
저 어린것
아직 눈에는 눈물 자국이 남아 있다.
앞산 뒷산에 봄을 알리던
매화 향기가 가버린 곳에
청매가 주렁주렁 열려 있고
뭇 사내를 유혹하던 화왕산 진달래도 없는 여기
우포에는 세상일을 꿰뚫어 본다
저 넓은 가슴으로

행위 예술가의 몸짓처럼 보여준다

겨울 산 1

새벽부터
고향 집 외양간 누렁이 코웃음처럼 소리를 내며
저 목디산* 굽은 솔을 비집는 햇살이
내 무거운 몸을 일으켜 세운다
지난가을
그 청명하고 곱던 색상은 탈색되고
대지 위에 뒹굴다 잠든 낙엽은
정자나무 밑 모시옷 입은 할배처럼 추워 보인다.
저기 목디산 산길을 걷던 아버지의 발걸음도
까맣게 잊었던 폭설이
옆집 할매 화롯불 쬐는 마음처럼
홑청 이불이 깔아 놓은 것일까?
수년 동안 허황된 꿈을 꾸던
도심의 뒷골목에 엉킨 전선 같은
저 젊은 청춘의 혼탁한 폐 속으로
청솔의 굳은 심지가 내 뿜는 차가운 공기가
그렁그렁 붙은 가래가
목덜미를 타고 내리며 갈 길이 보인다.

* **목디산**: 창녕군 부곡면 청암리 뒷산. 목디산 또는 목빈등이라 부름.

겨울 산 2

가물가물 보이는
덕유산 정상은
내 충혈된 안구를 세상 먼지를 씻어 내는
찬바람이 긴 망원경 속에 담긴다
밤새 내린 폭설이
새벽을 나서는 수많은 산 사람이
가파른 덕유산 자락을
믿음으로 빙판 찍으며 쉼 없이 걷는다
저기서 부르는 손짓 따라
그리운 이가 있는 곳 향해
거침없이 헐떡이며
초롱이의 발톱 같은 폭설
저 영상을 향해
세상의 눈을 달아 줄 산 사람의 사랑이
기다림의 기대감으로….

빙하의 해류

가을이 오면
사랑의 허기가 더할수록 가슴이 메고
난 어디론 떠나고 싶어진다.
밀기울같이 취기로 일했던
힘들었던 가을은 떠나고
허허벌판에 얼어붙은
찬바람이 가난을 부르는 겨울
당신의 따뜻한 봄의 사랑이 그립다.
한사코 날카롭게 깎은 목재 연필 끝은
어둠 속에서 폐허보다
금욕으로 단호하게 빛나고
그리움보다 깊게 흐르는 눈물의 꿈은
다스릴 수 없는 상처가 된다
밤이 더할수록 깊게 내륙을 엄습하며
빙하의 해류로 유영하는
지명의 생애였던 것일까?
찬바람이 불고 당신 굳은 사랑의 도구가
기필코 기울어진 몸을 세워
앞이 확 뚫린 길로 힘찬 질주를 권유한다.
떠나고 없는 뒷전에
까마득한 존재가 흐느끼고

손꼽아 기다리는 차가운 손길이
당신을 향해 양손을 벌리고 있는 풍경

가까이하기에 먼 사람

하루 일상을 거두고 귀갓길이 무겁고 힘들다
길게 뚫린 길 위에 두 눈 부릅뜨고 달려드는 차창 틈
겨울바람이 그리 차갑지는 않지만
내 어깨에 움츠린 가슴속 온기는 느낄 수 없다.
그리 육체의 피로는 없는 것 같은데
내 마음을 짓누르는 무게가 점점 더해가고 힘이 든다
늘 가슴속에 파고드는 애정의 그림자가
두려움으로 그려진 당신
가까이 다가서려면 점점 멀어지는 느낌
머리를 내리치는 소리가 가슴 찢어 놓는다.
그래서 난 언제나 당신 곁에서 멀어질 수밖에 없다.
내 마음 깊은 곳에 지울 수 없는 문신을 새겨 놓고 싶은
이 세상에 하나뿐인 사람인 것은 분명한데
당신을 내 가슴에 묻어 이승에서 저승으로 가는 날까지
심장박동 속에 넣어두고 싶지만
멀어져가는 당신은 가끔 절망 속에
속세를 떠나지 못하고 맴돌고 있는 모습이 괴로울 뿐이다.
눈을 뜨고 걸어보아도
눈을 감고 걸어보아도 심장 한가운데서 밀어내는
따뜻한 혈류는 분명 흐르고 있는데
가까이하고 싶은 하루는 그렇게 뉘우치고

성숙을 더 하다못해 서서히 꺼져가는 모닥불인 것처럼
또다시 텅 비어 소리 나지 않는 혼자만의 하루가
가슴 깊이 미어져 쓸쓸해져 온다.
혼자이기를 거부하는 나를 사랑으로 채워 준다면
얼마 남지 않은 삶이 그다지 외롭지 않은 길인 것을
함께 걸어갈 수 없는 쓸쓸한 삶의 여정에
그리움에 찻잔을 들어 쓰디쓴 갈색 추억을 마시며
혼미해져 가는 난 망부석으로 변해 버린다.

겨울 떠나는 길목

꽁꽁 언 지난겨울
이미 돌 틈을 비집는 봄기운이 졸졸
옛 돌담 먼 길목
아가의 눈웃음 뽀송뽀송
버들강아지 피는 소리

아침 햇살 속살 보이는 연분홍 진달래
나풀나풀 바위틈 비집고
이집 저집 담을 넘나드는
소녀의 웃음소리

분홍빛 화전 굽는 솥뚜껑 위로
먼 길 떠나갔던
잊힌 옛사랑도 돌아온다는 봄
그녀의 분 내음이 짙어 간다.

꿈속 같은 일상

일상의 피로가
잔잔한 호수의
물결 속으로 헤매는 꿈같은 시간
흐릿한 동공瞳孔엔
변화 없는 퇴색된 무늬 속에
청수淸水처럼 흐르는 맑은 물 따라
가슴으로 맴도는
백조白鳥의 왈츠 춤사위
그곳엔
무 반점斑點으로 핀
백합꽃 한 송이가
함초롬히 젖어 이슬 머금고
슬그머니 들뜬 가슴 다독여 준다
갓난아기 달래듯

어머니

당신을 꽃이라 부르고 싶다
늙고 병든 당신은
그 긴 겨울로 살갗 찢어
자식의 겉옷을 만들고
땅속 깊이 스미는 봄기운 마시며
깜박깜박 잊은 희미한 등불처럼
홑청 이불 꿰매는 시간이
동짓날 긴긴밤처럼 무척 오래 걸렸다.
이제는
저 멀리 따 순 봄기운도
당신에게 외면하고 있다
외로움
그 외로움을 견디다 못해
사르르 사라지는 잔설 속에
툭툭 털고 피어나는
복수초가 힘겹게 웃고 있다.
왜소한 몸집이 넘어질 듯
위태로운 지금도
당신을 꽃이라고 부르고 싶다
지금 세상을 떠난다 해도
당신을 꽃으로 우리 곁에 있으리라
내 사랑하는 어머니 내 어머니…

성포 앞바다에 가 보았네

저 멀리 보이는 수평선 너머
끝없이 타오르는 밤배의 눈빛 같은
동백꽃이 보일 듯 잡힐 듯
애태우는 성포 앞바다에 가 보았네

이때쯤 되면 한없이 찌든 마음
갈매기 따라 석양에 몸을 싣고
훨훨 파도 위를 미끄러지듯 다가와
날개 돋친 만선의 깃발은 춤을 춘다네

함께 걸어온 그 긴 밤길 그리운 날
끊임없이 펼쳐진 검푸른 바닷물은
하얀 물방울에 엉겼다
흔적 없이 사라진 옛사랑 이야기한다네

바닷물에 절인 배추처럼
추함과 절망은 희망과 행복으로
버무린 김치 맛을 보고 세상 길이 열렸네

고향 가는 길

높이 올라간 맑은 날
푸른 바탕에 은색 점들조차 무심한 밤
울퉁불퉁 신작로 길은
까맣게 포장되어 있다.

플라타너스 그늘이
세월 따라가고 없는 이 길도
더듬더듬 발길은 낯설지가 않다

가끔 양손 펼쳐 두 눈 가리는
열 손가락 사이로
질주하는 한 쌍의 불빛이
사정없이 지나가면

색시 치맛자락 속에
밀어 넣는 찬바람이
가슴까지 오싹하게 해 놓고
말없이 사라진다

이내 꽁무니조차
보이지 않는 세월이 쓸쓸해지고

빈집이 하나둘 늘어만 간다
딱따구리가 밤새 먹이 찾던 숲처럼…

환상

역마살로 떠돌다 고향 집 봉창을 열고 뒤뜰을 보았다
마흔아홉 훌쩍 넘기고 고향의 뜰을 보면서도
무심코 바라본 풍경은 낯설지 않았다
대청마루에 앉아 계시는 그림자 없는 아버지가 보이고
쉰을 앞둔 아버지 나이가 되어서야
옛 기억 더듬어 환상 속에 빠진다.
그때는 그랬다. 생각할 겨를도 없이 살아오던 탓이었던가
오늘은 기억마저 깔끔한 현대식 창문을 열자
초가지붕 고드름 떨어지는 처마 밑에서
틈틈이 가마니 짜는 소리가 철커덕 철커덕
검게 탄 닥나무가 바람에 흔들리듯 환청처럼 들린다
와르르릉 와르르릉 새끼 꼬는 현대판 기계 소리가
이웃집 담을 스멀스멀 넘어가는 것도 보인다
젊은 엄마가 정지에서 조청 고다
맛보라며 가마니틀에 앉아 계시는
아버지 입에다 넣어주시는 모습도
가끔 구수한 된장국 끓이던 알뜰살뜰한 손도 보인다.
저문 날 도마 위에 마늘 다지는 소리가 언제 멈출지 모를 일
화롯불에 알밤같이 톡톡 튀는 불길에 아들 셋 낳고
막내아들 뒤로 십 년 터울 진 딸 하나 낳았다
낮이나 밤이나 쉴 틈 없던 엄마가 하얗게 쌓인 장독대 위에

정화수 놓고 동서남북으로 빌고 빌던 모습도 보인다.
지금도 저 집 뒤에서 팔순을 훌쩍 넘긴 아버지가
"방 다 식는 다 문 닫아라" 하신다
내 눈에 울컥 쏟는 눈물에 목이 멘다
늘 따뜻했던 엄마도 손에 잡힐 듯한 초가집도
무쇠솥에 익어 가는 고구마 냄새도
가마니 짜는 소리, 새끼 꼬는 소리도 부뚜막에 된장국 냄새도
사랑채 쇠죽 끓이던 모습도
빨갛게 익어 가던 가을 향기 물씬 풍기던
할머니 고함도 들리지 않는 지금도
가끔 가을바람 불던 날 감 홍시 떨어지는 소리처럼
카랑카랑한 할머니 목소리까지 들려오는 건
자식들의 발걸음같이 띄엄띄엄 들려오는 걸까
여든 아버지만 양지에 앉아 세월을 먹고 계신 모습
또 가슴이 콱 치밀어 올라 가슴을 한번 두드린다
저 멀리 자라 산 넘어가는 낙양을 본다
홀로 외로운 아버지 모습을 본다.
불효막심한 나를 또 울린다.

어매의 빈자리

헛간에서
새벽닭 울음소리가 들리던 때가 있었다
비봉 고개를 살짝 비껴간 햇살이
실눈 뜨고 일어나면
참새미길 콩밭 이슬 속으로 투영하여
참산 앞들에 빛이 지나간 자리에는
아버지 어머니의 이마에 옥구슬 같은 벼 이삭 익어 간다
종종 까칠한 벼 잎사귀를 지나는 양쪽 어깨가 늘어져
어루만지는 아버지 모습 참 왜소하게 보인다.
혼자여서일까
하루도 빠짐없이 격렬한 농사일 하시던
아버지 곁에 어매의 빈자리 때문일까
그 작은 체구로 세월을 이겨나가시던
그 야물딱진 몸은 오늘따라
쩔쩔 끓는 여름 한나절 볕에 시달린 오이 덩굴 같다
점점 변해가는 들을 바라보며
담배 연기만 뿜어내는 저 고된 모습
점점 깊어만 가는 옛 생각을 무성해진 피를
뽑고 또 뽑아도
어매 무덤가에 번져가는 클로버 줄기처럼
좀처럼 잊히지 않는다

수년 동안 쌓아 놓은 애환의 강 밑바닥을 퍼 올려

누런 메기 하품만 해도 수몰되던

저 애물 같은 전답에

물들지 말라고 수없이 쌓고 쌓아

세월을 저 들판에 깔고 뒤집고 또 쌓아 보지만

잊히지 않는 지난 흙탕물 어찌 홀로 감당한단 말인가

그 모진 아버지 아픈 가슴을

언젠가 텅 비어 버린 뒤주같이 잊혀졌으면

시대의 아픔을
위로하는
따뜻한 치유 시

시대의 아픔을 위로하는
따뜻한 치유 詩

예박시원
(시인 · 소설가 · 문학평론가)

배성근 시인, 그의 심장에선 용암 온천수가 흐르고 그의 갈비뼈 안쪽에선 다공질 소리와 바람 소리가 들린다. 그 남자의 인생은 먼 길을 달려온 바람과 바위였다. 그 남자와의 만남은 2008년 무자년 새해부터 시작되었다. 문예지의 불모지대였던 경남 지방에서 야심차게 첫발을 뗀 사람, 그가 바로 시와늪문인협회 회장이며 계간 시와늪 창간인 배성근 시인이었다.

경남 창녕군에서 태어나고 성장한 뒤 오랜 세월 경찰 공무원으로 사회 공익을 위한 삶의 현장에서 치열한 전투를 벌이며, 온갖 인간 군상들을 접하면서 받았던 희로애락喜怒哀樂과 쓰라린 상처들의 궤적을 문학 동네에서 치유했던 남자다.

그 징글징글하고 지루한 민생치안 현장에서 늘 그를 지치지 않고 온전하게 보존할 수 있었던 힘의 원천은 자연에서 얻은 에너지였다. 자연에서 일상탈출과 재충전을 통해 심신의 상처를 꿰매고 치유하며, 때론 깊은 심연의 바다에서 또 다른 꿈을 꾸며 죽음과도 같은 참혹한 그림자에서 피신해 오기도 했다. 그의 삶은 평온하진 않았지만 늘 평정심을 잃지 않으며 오늘까지 잘 견뎌온 것 같다.

배성근 시인의 일상에선 시란 늘 허기짐을 채워 주는 한 그릇의 밥이었고 삶의 에너지였던 것이다. 자연에서 한 컷의 사진을 채집하고 한 편의 시를 쓴 뒤에야 그 허기짐과 전투현장에서 겪은 피로감에서 비로소 벗어날 수 있었던 것 같다. 그것은 늘 배성근 시인의 소회에서 익히 들어왔던 일상의 이야기들이었다.

그만큼 경찰관이라는 그 직업의 스트레스 강도는 아주 깊고 높은 것이었다고 할 수 있다. 실제 많은 이들이 그 직업에 종사하다 죽거나 다치고 이런저런 병마에 시달리기도 한다. 새삼스럽게 말하지 않아도 생활 주변에서 경찰관이나 소방관들의 삶에 대해 익히 보고 들어서 잘 알 수 있는 사연들이다.

시인은 바쁜 와중에서도 문학 인생을 시작한 지 41년째 되지만 정년을 앞두고 이제야 첫 시집을 엮어낸다고 한다. 문단에서 함께 활동하거나 알고 지내던 지인들은 어설픈 작품이라도 엮어서 성급하게 내질렀지만, 그는 이제 첫 시집을 발간하게 되었다. 이 시집엔 결코 가볍지 않은 그의 인생과 궤를 함께해온 일상의 이야기와 우리 시대의 아픔을 함께 나누는 따뜻함이 작품들 속에 많이 녹아들어 있다.

배 시인은 작품성보다는 지금껏 살아온 흔적들을 묶어낸다고 표현했지만, 한 편 한 편의 주옥같은 작품들은 시인이 살아온 내력이며 소중한 발자취들이다. 이제 인생 2막을 설계해야 하는 배 시인에게 퇴직 후 행복한 시간이 이어질 수 있도록 기원하며, 그 살아온 흔적들을 함께 걸어가고 시간의 페이지를 열어보며 여행을 시작해본다.

배 시인이 41년의 창작 세월을 정리하고 엮은 시점이 묘하게도. 2020년에 이어 2021년에도 계속되는 세계적인 경제공황과 코로나19라는 감염병 앞에 지구촌의 인간들이 속수무책으로 당황하면서도, 한편으로 슬기롭게 역경을 헤쳐 나가는 노력을 보이고 있는 현재라는 시간 앞이다.

우리는 한반도에서 전쟁과 민주화의 진행 과정에서 수많은 참담함과 희망을 보았고, 이후 1998년 IMF와 2008년 금융위기 앞에서도 의연하게 대처해 온 시간이 있었다. 또 한 번 세계적인 경제위기와 코로나 19라는 감염병 앞에서도 우리는 다 함께 지혜를 모아 극복하는 모습을 보이고 있다.

예나 지금이나 가장 힘든 시기엔 사람들이 평소보다 시간여행을 떠나는 경우가 많이 있다. 그것은 결코 퇴보가 아니며 잠시 힘들었던 시기를 되새겨 보며 다시금 힘과 용기를 갖추고자 함인 것이다. 아련한 과거를 떠올려 보면 대부분의 사람은 암담했던 기억이 많을 것이다. 그러나 그때마다 주저앉기보다는 우리는 그 시대를 극복해 오며 지금까지 쉼 없이 달려온 것이다.

시인들이 열망하는 시의 세계는 이룰 수 없는 불가능한 꿈의 세계일 수도 있지만. 그것을 현실화시킬 수 있는 힘을 가진 몽夢의 세계이다. 언제나 그것을 현실화시키려는 수많은 이들의 노력이 있었기 때문에 지금이라는 시간이 존재할 것이다. '상상을 현실로' 그것이야말로 꿈의 세상인 동시에 현실이며 과학과 비과학은 결코 불이不二가 아닌 것이다.

우리가 시인들의 작품을 읽고 이해할 때는 그 시인들의 삶의 지향점이 어디에 있는지를 알아야 한다. 배성근 시인의 지향점은 늘 대자연에서 얻는 삶에 대한 강한 긍정적 애착이며 생명 창조와 평화에 있다. 그것은 시인이 살아온 직업에서 어렵지 않게 찾을 수 있다.

그의 직업 세계는 어두운 사각지대에 빛을 비춰주는 특수한 일을 수행한다. 때론 외부에서 그 빛을 끌어와 빛이 차단된 곳에 비추는 일을 하고 있다. 그런 일상 속에 직업 특성상 끊임없는 자기관리와 함께 재충전의 시간이 필요했을 것이다. 자신이 명멸하는 빛이 되어서는 안 되기에 빛을 계속 밝혀 나가려면, 수많은 좌절과 상처를 치유해나가야만 하는 남모르는 극복의 시간과 노력이 있었을 것이다.

누군가는 대신해줄 수 없는 치유의 과정을 어쩌면 여행과 문학에서 찾아왔는지도 모르는 일이다. 그것은 시와늪문학회를 만들어내고 계간 문학지를 창간해서 지금까지 이어지게 한 내력이었고, 공동체를 만들어 함께 해온 원동력이었다고 할 수 있다.

많은 이들이 함께 그 공동체에서 치유의 시간을 보냈던 것을 떠올려보면 그 삶의 지향점이 어디에 있는지 알 수 있다. 사람들은 어쩔 수 없이 트라우마와 카타르시스를 끊임없이 반복하며 먼 길을 가야 하는 숙명을 진 채 살아갈 수밖에 없는 존재들이다. 그들과 삶의 궤를 함께 하는 것이 시인들의 사명이고, 그 사명을 오랫동안 충실히 해온 배성근 시인의 작품 100편을 감상해본다.

늘 봄은 눈이 멀었다

애꿎은 나에게만 시샘하는지

무학산 응달 잔설이 웃고 있다

아침 햇살이 쫓고 있어도

고집을 부린다

광려산 노루 길에

봄 길 터주는 복수초가

능글맞게 앉아 있다가도

저 멀리 바다 뱃길을 터주고

봄 길도 열어준다

심 봉사가 눈을 뜬다

매화꽃 딸이 밥을 짓고

문화동 골목길 가장자리

할머니 머리맡에도

낡은 담장 밑에도 홍매화가 피었다

저 멀리 날아간 비둘기가

백련암 기왓장에 앉아

엉덩이를 데우고 있다

겉옷을 하나하나 벗어 던진다

— 〈봄길〉 전문

작품을 다 읽어본 후 다시 첫 행 '늘 봄은 눈이 멀었다'로 돌아가 보면 '에휴'라는 안타까운 한숨이 살짝 나온다. 낡은 담장 밑에도 홍매화가 피고 비둘기도 백련암 기왓장에 앉아 엉덩이를 데우고 있는 봄이 오는 길목에도, 배 시인에게만은 그 봄의 햇살이 비치지 않고 무학산 잔설만이 잔뜩 웅크린 어깨를 더 힘들게 하며 춥게만 보이는 출근길 아침이다.

근무교대하면서 아침저녁으로 눈에 보이는 문화동 골목길 풍경은 어쩌면 시인만 소외되고 나머지는 모두 봄이 오는 소리와 풍경, 따스한 햇살을 즐기고 있는 모습이다. 조금의 부러움과 살짝 짜증도 묻어나는 아침이기도 하다.

그 고단한 직업의 시간 속에서 단 한 번이라도 봄이 온 느낌을 속절없이 지나치지 않고 만끽한 때가 없었음을 아쉬워하며, 안타까운 마음을 작품 속에서 드러내고 있다. 지나치는 바다 풍경에서도 햇살을 만끽하며 낚싯대라도 한번 드리워봤으면 하는 마음도 있었을 것이다.

시인은 그래서 잠시라도 멈춤 없이 오고 가는 계절과 세월이 더 얄밉고 안타까워 평소에 카메라로 그 풍경을 자주 담아두고 시 창작품으로 남겼을 수 있다. 어쩌면 세월 앞에 속절없이 가는 젊음이 더 아쉬워 시간을 붙잡고 싶은 절박함에 사진과 시를 붙잡고 있었을 것이다.

직업적으로 시간이 많지 않은 사람들일수록 그 몸부림은 더욱 절실하고 간절한 것이다. 혹자들은 '그렇게 시간이 많으냐? 세월 좋다'라고 빈정댈 수도 있겠지만, 그 당사자들도 결코 예외일 수 없는 것이 바로 현실이고 직업인들의 시간 다툼인 것이다.

저 멀리 바다 뱃길을 열어주고 봄 길을 열어주는 복수초가 자신의 봄 길도 함께 열어주었으면 하는 간절함이 묻어나는 작품이다. 어쨌거나 낡은 담장 밑에도 홍매화는 피었으니 이미 시인의 마음에도 봄은 자리 잡고 있음이다.

비둘기가 백련암 기왓장에 엉덩이를 데우고 있는 모습에서 시인은 봄의 교향곡과 함께 자신을 옥죄고 있던 두꺼운 겉옷을 시원하게 훌훌 벗어 던지고 있다. '에라 모르겠다' 현실 앞에서 잠시나마 불러오는 카타르시스다. '오늘도 출동이다. 일이나 하자'

발코니 사각 창틀 밖엔 분홍빛으로 멀찌감치 서서
나를 반기는 너의 자태가 어쩌나 의젓한지
이처럼 우연한 만남은 한 해 두 해가 아닐진대
그렇게 긴 그리움으로 바라보는 눈빛을 삭였는가
눈 한번 찔끔 감았다가 떠보니
훌쩍 중후한 중년으로 서글픈 세월만 탓하다
애써 아픔으로 보듬었을까?
어두운 항아리 속에 담아왔던 희미한 기억들
두 눈 부릅뜨고 되새기는 젖은 눈망울과 만나는 날이면
신들린 늙은 손이 창백하게 빛바랜
백지에 그려놓은 갈피 속에 가슴을 찢어 놓고도
쉼 없는 세월 속으로 떠난다.

— 〈진달래꽃 피는 날이면〉 전문

진달래 꽃 피고 새 우는 봄이 오면 해마다 기다림과 희망에 찬 설렘도 함께 올라온다. 우리네 삶에서 가을의 노스탤지어는 진한 페이소스와 함께 가는 젊음과 세월의 아쉬움이 짙게 배어있게 마련이다. 그러나 봄의 그리움과 설렘은 찾아올 임과 희망의 환희일 수 있다. 그것도 막연한 기다림이 아닌 확신에 찬 구체적인 계획이 서 있는 경우가 많다.

이 작품에서 배 시인의 진달래꽃 피고 새 우는 봄날은 하도 긴 세월 동안 여러 번 스쳐 지나오면서 구체적인 실망이 겹쳐져 어쩌면 아쉬움과 진한 회한의 봄날일 수도 있다.

눈 한번 찔끔 감았다가 떠보니 훌쩍 중년의 모습이 된 지금의 시간, 어두운 항아리 속에 담아왔던 희미한 기억들도 쉼 없는 세월 속으로 흘려보내는, 아직도 가야할 먼 길이 남아 있는 현실에서 시인은 잠시 시간여행을 다녀온 것이다.

춘래불사춘春來不似春처럼 그렇게 수많은 봄을 맞이하고 또 흘려보내고도 우리는 늘 또다시 새로운 기대와 희망에 부풀게 되고, 역시나 실망도 아픔도 느껴가며 오는 가을에 진한 향수도 느끼는 것이다.

나를 반기는 너의 자태가 의젓하듯이 시인의 마음도 이젠 세월 앞에 담담하게 의젓해지고 있음이다. '울어라 기타줄아'라는 노래 가사처럼 운다는 의미는 복합 미묘한 것이다. 봄을 기다리는 마음 또한 마찬가지일 것이다.

그것은 산전수전 공중전까지 치르며 세월의 장난 앞에서 온갖 풍상을 겪어 본 중장년과 노년의 나이가 돼서야 진국을 알 수 있는 인생의 맛이라고 할 수 있다. 젊은 시절엔 로큰롤과 헤비메탈에 취해도 보고 발라드와 댄스

뮤직을 즐기다가도, 중장년이 지나면서 노년의 세대처럼 뽕짝과 트로트를 슬그머니 즐기게 되는 현상과 어쩌면 다르지 않을 것이다.

햇살 가득한 발코니에서 '진달래꽃 피는 날이면' 시와 함께 한 잔의 차나 커피를 마시며 가수 노사연의 '바램'을 듣노라면 삶에 대한 진정성이 느껴지고 진한 울림이 전해온다.

'눈 한번 찔끔 감았다가 떠보니 / 훌쩍 중후한 중년으로 서글픈 세월만 탓하다 / 애써 아픔으로 보듬었을까?' 이 구절에서 세월의 아픔을 보듬어준 건 결국 사랑의 힘이 아니었을까. '사랑한다 정말~ 사랑한다는 그 말을 해준다면' 노래와 햇살이 너무 아름다워 눈물 나는 베란다의 오후 시간이다.

'백지에 그려놓은 갈피 속에 가슴을 찢어 놓고도 / 쉼 없는 세월 속으로 떠난다'라는 시 구절과 '우린 늙어가는 것이 아니라 조금씩 익어가는 겁니다'의 노래 가사가 동시에 눈에 들어오며 가슴 깊은 곳까지 짠하게 감동으로 전해온다.

"

광려산 잔설이 메마른 날개를 접고
빠끔히 열린 베란다 창틈으로 들어온다.
무언無言의 침묵沈黙은
시퍼렇게 입 다문 정적靜寂 같은
고향故鄉 숲을 생각할 것이다
지긋이 비춰주는 봄볕

올망졸망 매달린 화사한 웃음
사랑의 손끝을 감싸는데
겁 없이 몸을 던진 파란 기지개도
모두 네 도관수導管水 속에 고동치는구나.
지나간 긴 시간 넌 애써 부정否定하려 하지만
그럴수록 넌 더 힘 있게 더욱더 파랗게 움 돋아
하나의 꽃으로
하나의 향기로
하나의 사랑으로 피어오를 것이다.

— 〈화분花盆 속에 둥굴레 꽃〉 전문

이 작품에서 화자는 시공을 초월한 이동을 하고 있는 중이다. 화분 속의 둥굴레 꽃을 통해 광려산 잔설을 보고 있고, 겁 없이 몸을 던진 파란 기지개의 시간도 베란다 화분을 통해 투영하고 있는 것이다. 모두가 그렇듯 지나간 시간을 부정할 수는 없는 것이고, 도리질하면 할수록 회한만 더할 뿐이다. 오히려 그 시간을 기쁨과 사랑으로 승화시켜 좋은 추억으로 투영해내면 오늘 하루가 어쩌면 지나간 시간 속에서 아름다운 기억으로 즐거울 수가 있다.

시인은 기억의 교차를 통해 구질구질한 시간의 기억들은 하나둘 가지치기를 통해 끊어내고 베란다의 화분을 보며 좋은 것만 애써 간추려내고 있다. 항상 그렇듯 삶의 에너지는 긍정과 부정의 에너지가 상존하며 지나간 기억을 되살려준다. 부정적 에너지가 강한 사람에겐 어둠의 그림자가 집요하게 끈적이며 떨어지지 않고 긍정의 에너지를 갉아먹게 된다. 그 반대로 긍정의 에너지가 강한 사람에겐 삶에 대한 강한 집착과 투쟁력이 생기게 된다. 때론 격렬하게 때론 조용하게 열정과 냉정이 교차하며 이성적으로 귀결되는 것이다.

화초를 가꾸는 마음은 일상의 스트레스에서 피신처가 될 수 있으며, 마음의 상처를 어루만져 줄 수 있는 치유의 시간이 될 수 있다. 반려동물이나 화초를 가꾸는 마음은 인간의 원초적인 순수함으로 돌아감이다. 상처받기 전의 순수한 시간으로 돌아가 현재의 시간을 어루만져 주며 치유를 해주고 있는 것이다. 하나의 사랑으로 피어오름은 결국 거기에서 벗어나 차분한 재생과 충전의 에너지가 생성되고 있음이다.

'겁 없이 몸을 던진 파란 기지개도 / 모두 네 도관수導管水 속에 고동치는' 것도 내면의 자아는 마음속에서 계속 말을 걸어 도발을 부추기고 있고, 평소엔 존재감이 없다가 기회가 있을 때마다 본래의 자아를 밀어내며 전혀 다른 인격으로 표출되기도 한다.

'지나간 긴 시간 넌 애써 부정否定하려 하지만 / 그럴수록 넌 더 힘 있게 더욱더 파랗게 움 돋아 / 하나의 꽃으로 / 하나의 향기로 / 하나의 사랑으로 피어오를 것이다'에서도 시간여행을 통해 오래전 갈등구조 속의 너와 나도 끝내는 힘 있게 사랑으로 귀결시켜 온전하게 자아를 보호해내고 있다.

스스로 약한 면이 구현된 자아일 경우 심리적 리미트

가 풀린 상태여서 본래 자아를 압도하는 경우가 있다. 심리적으로는 자아를 '울고 있는 아이'로 표현하기도 한다. 문학에서도 마찬가지로 모든 시적 갈등구조는 울고 있는 자신과 주변의 아이들을 보듬어주고 어루만져 주는 치유로 귀결된다. '화분花盆 속에 둥굴레 꽃'도 사랑의 손끝을 감싸고 하나의 사랑으로 피어오르게 속삭이며 기도해주고 있다.

무학산 남단 꼬불꼬불 살재 고개는
바람 재를 넘다가 지쳐
일기지욕—己之慾으로
살점 좋은 땅 위에
율원栗園으로 꾸몄구나
즐번櫛繁한 밤꽃 피워
하늘하늘 잔풍殘風에
과수댁 엉덩이 흔들며
밤마실 나가고 있다

밤잠 없는 노인네가
대문밖에 홀로 서서
인화燐火에 담뱃불 붙이고
세상 걱정 한마디가
하루 내내 꿀 따는 일벌도
밤꽃 향에 정들어 떠날 줄 모르는데
허허 마실 나간 여인네는

언제나 돌아올꼬

— 〈밤꽃 향 그리움〉 전문

"

마산 만날 고개에서 쌀재를 넘어 바람재까지 임도를 걸어가다 보면 실제로 바람이 많이 불어오는 곳이 바로 바람재다. 평소에도 무수히 많은 등산객이 오고 가며 만날 고개의 유래를 떠올리고 흐뭇한 웃음을 짓게 되는 곳이기도 하다. 시인이 말하는 그 쌀재를 많은 이들이 쌀재로 발음하며 굴풋하고 비릿한 농담을 많이 하기도 한다.

주변에는 고려 시대부터 전해 내려오는 모녀간의 애틋한 상봉 전설이 있는 만날재가 있고 무학산이 있다. 가깝게는 어시장과 진동마을 바닷가가 있어 가볍게 등산을 마치고 싱싱한 회를 먹어도 된다. 광려계곡을 따라 백숙을 파는 식당도 여러 군데다. 등산 후 중리에서 만든 막걸리를 한잔 걸치는 것도 기분 풀이에 좋다.

바람이 많아서 바람재라고도 하며 여자들이 바람재를 자주 넘나들면 남정네들의 유혹이 많아 바람이 나서 바람재라고도 부른다. 그래서 바람나면 고스톱판에서 싸는 것처럼 싼다고 해서 '쌀재' 또는 '살재'라고도 부르고 있다. 살낚시, 살방아 등 여러 가지 비릿한 농담의 화젯거리로 이용하기도 한다.

위트와 유머의 장소이기도 한 살재에는 마산 앞바다에서 불어오는 굴풋한 바다 냄새가 그런저런 농담들을 더욱 실감 나게 해준다. 작품에서처럼 살랑대는 바람에 엉덩이 흔들며 밤마실 나간 여인네는 돌아올 줄 모르고, 잠 없는 노인의 타는 담배 연기와 해소 기침 소리, 곰방대 두드리는 소리만 밤새 요란하다.

밤마실엔 남녀노소가 따로 없어 달도 없는 그믐밤 는실난실 길가는 사내도 있다. 아침엔 목란의 이슬을 마시고 저녁엔 가을 국화주를 마시고 장장추야 기나긴 밤 내 님을 만나러 길을 달려간다. 오호라, 오매불망 그리던 내 님과 화개동천의 밤을 보내고 두둥실 붉은 열락의 꽃이 핀다. 몽유도를 그린 꿀 같은 봄밤이다.

시인은 쌀재를 해학과 은유로 바꿔 살재로 표현했고, 바람 따라 흩날린 밤꽃이 씨를 퍼트려 율원栗園으로 꾸며진 자연의 조화를 노래하다 다시 은근슬쩍 살 냄새인지 밤꽃향인지 찾아 날아드는 일벌까지 등장시켰다. 문학으로 맛좋은 비빔밥처럼 훌륭한 요리를 만들었다고 할 수 있다. 착착 감기는 맛이다.

비릿한 살재를 무사히 넘지 못하고 아뿔싸, 그만 싸버려 밤나무밭만 즐비하게 퍼졌고 해마다 밤꽃 냄새만 자욱해 뭇 사내와 여인들의 잠 못 이루는 탄식 소리만 요란하다. 어화둥둥 벗님내야 잠 못 이루는 야삼경 달밤엔 밤이나 까서 삶아 먹고 구워 먹세. 살재는 예나 지금이나 천년의 바람을 실어 나르며 현재진행형으로 율원栗園을 조성하고 있다.

"

메마른 입술 사이로 춘설 깔아놓은 길
버들개지 흔드는 남풍 따라

목련 꽃잎으로 깃 달고 소리 없이 사푼사푼 오십시오
그리움도 버리고 과욕하지 않는 기다림으로
겨우내 진저리치던 슬픔도 아픔마저도
춘설에 묻고 아지랑이 따라 춤추며
삶의 무게 다 틀고 오실 줄 이미 알았습니다
언덕배기 쑥 냉이 달래 캐다가
해동의 사랑이 찾아오면
봄볕에 겨울옷 벗어 던지고
봄 향기 가득한 상 차려 놓고
당신을 반기겠습니다
보랏빛 진한 노루귀 향으로
조롱박 텅 빈 가슴에 하루 내내 매달아 놓고
가장이 끝 빛나는 눈동자에 맺힌 눈물보다 가벼운
은하수 위를 당신과 거닐고 싶습니다.

— 〈해동의 사랑〉 전문

"

　이 작품에서는 겨울 찬 서리와 얼어붙은 동토의 개울이 녹아내리는 봄을 의인화시킨 그대를 대상으로 대화를 이끌어 내고 있다. 시인은 한겨울 동안거에 들었던 스님 머리에도 새치가 돋아나고, 꽝꽝 얼었던 계곡의 얼음 산설山雪도 녹아내려 개여울을 적시는 남풍이 불어와 버들강아지 흔들어대는 봄을 불러내고 있다.

　세상 사람들의 마음까지 촉촉이 적시고 두 눈에 보이는 건 어지러운 아지랑이뿐이지만, 그리움의 애착과 세상 욕심 다 버리고 드디어 찾아오는 봄을 맞아 강가에 우두커니 서서 봄에 하품을 하는 평화로운 모습을 그려 내고 있다. 기다리고 기다리던 봄 향기와 나물의 향연을 기뻐하고, 은하수 위를 그대와 거닐고 싶은 시인의 마음은 청년 시절처럼 순수하고 즐거운 모습이다.

버들강아지를 보고 희롱하는 것은 남정네나 여인네나 내남없이 순수한 봄 예찬의 모습이다. 봄은 어쩌면 생명의 창조처럼 여인의 계절이며 모성애를 자극하는 계절이기도 하다. 가을 노래들은 애상에 젖은 내용이 많지만 봄 노래는 언제나 아찔하고 아지랑이 살랑대는 따스함이 느껴진다.

은하수는 은하계銀河系가 강처럼 보인다고 하여 은하수銀河水라고 부른다. 견우성과 직녀성 사이에서 서로 떨어진 견우와 직녀를 만나게 하기 위해 까치와 까마귀들이 모여 오작교烏鵲橋를 만들어 칠월칠석날 재회를 한다는 전설이 있다. 묘하게도 이 전설은 한·중·일 삼국이 동일하다.

시인은 봄이 오기만 오면 '봄볕에 겨울옷 벗어 던지고 / 봄 향기 가득한 상 차려 놓고 / 당신을 반기겠습니다.'라며 마중물을 퍼냈고, '조롱박 텅 빈 가슴에 하루 내내 매달아 놓고 / 가장이 끝 빛나는 눈동자에 맺힌 눈물보다 가벼운 / 은하수 위를 당신과 거닐고 싶습니다.'라고 간절한 사랑의 연서로 다시 한번 추파를 던졌다.

아프고 힘들기 때문에 모두 혹한기 겨울엔 봄을 애타게 기다리는 것인지도 모르겠다. 봄은 봄 그대로의 모습으로도 간절한 그리움이고 희망인 것이다. 작품에서는 겨우내 진저리치던 아픔과 슬픔을 체감하는 시인의 몸과

마음의 혹한기를 그대로 드러내고 있으며 '어서 오소서'
하며 봄을 향한 간절한 그리움을 노래하고 있다.

"

점점 깊어가는 밤
세상이 알코올 기운이 돌고 광란의 밤이 시작된다
폭력과 피로 얼룩지고 더럽혀진 언어들
허기진 하이에나처럼
마음과 몸이 썩어가는 사람들
그 속에 공부를 포기한 청소년들의 방황도 있다
그들의 소드락질은 그들만의 문제만일까?
없는 사람은 그렇게 세상을 등지고
가멸다 한 사람만 살아가는 세상
그 속에서 성장하는 아이들 허허 참
답답한 노릇이다!
흔들림과 방황이 잠잠해질 즘
새벽을 여는 사람들의 행렬
그래도 쉼 없이 뛰는
희망의 발걸음 소리가 들린다
저승으로 가는 문보다
이승의 새벽 문이 먼저 열린다.
2007년 5월 14일 새벽 5시 는개*를 비집고
조간신문이 사무실 앞에 날아든다
그 속에 무슨 사건 사고가 담겨 있을까?
오색찬란했던 네온들은
그 힘든 사연을 지켜보다

여기저기 파김치가 되어
눈에는 핏대가 서 눈물이 흐르고
동토엔 아무 일 없다는 듯 빛을 토해낸다.
은행나무 가장이 끝에는
까치 소리가 희망으로 요란해진다

* 는개: 안개보다 조금 굵고 이슬비보다 조금 더 가는 비.

— 〈어느 야간 전투 중에 2〉 전문

삶의 현장은 어느 곳이나 전투 중이다. 먹고 살기 위한 전투, 크고 작은 시위 집회 현장의 생존권 전투, 항구의 만선과 새벽시장의 경매현장, 광야의 밤을 보내는 술꾼들의 아귀다툼이 끊이지 않고 계속된다. 또한, 그들을 산개시켜 가정으로 돌려보내야 하는 도시보안관들의 전투 등 우리네 이웃 인간 군상들의 치열한 몸부림은 어느 곳 할 것 없이 주변에 늘 상존하고 있다.

'폭력과 피로 얼룩지고 더럽혀진 언어들 / 허기진 하이에나처럼 / 마음과 몸이 썩어가는 사람들'에서 시인의 몸과 마음도 어느새 파김치가 되어 그들의 핏대선 눈동자처럼 함께 허물어져 가는 시간에 새벽안개가 밀려오고 있다.

네온사인이 야성의 눈빛으로 번뜩이는 거리에서 술은 술 술 술 흘러 도시 전체가 취한다. 아스팔트마다 SOS 구조신호를 보내는 처절한 몸짓, 보도블록에 빨래처럼 축축 늘어진 시체들만이 도시의 보안관들을 피곤하게 만든다.

유리 벽 사이를 두고 안쪽엔 여전히 지글거리며 떠도는 유증기들이 고소함과 느끼함이 범벅되어 뒤집힌 고기가 쓸쓸한 밤을 태우고 있다. 밤의 군상들은 모두 상처 입은 짐승처럼 세상과 싸우고 있다. 흔들리는 도시를 휘영청 밝은 달은 말 없이 바라보고 별 무리 은하수는 네온사인을 쓸쓸히 내려다본다.

도시의 보안관들도 지친 몸을 그들과 뒤섞여 한 잔의 소주에 담그고 싶어진다. 아수라 광란의 밤은 연극이 끝난 후 무대 뒤쪽의 어지러움처럼 피로감만 남기고, 먼 곳에서 희뿌연 수증기가 유빙이 되어 거대한 백야의 쓰나미처럼 도시로 밀려온다.

소태처럼 쓰디쓴 입에 피로회복제 같은 소주라도 털어 넣고 싶지만 텁텁한 믹스커피 한잔과 담배 연기로 달래야만 하는 현실의 아침이다. 밤사이 사건사고들처럼 조간신문도 평화롭지는 않다.

신음 같은 하품과 쓴 침만 삼키며 깔깔한 목구멍에 한 끼 밥을 밀어 넣고 잠시뿐인 단잠을 기대하며 발걸음을 돌린다. 오늘도 하루가 끝난 건지 시작되는 건지 찬란한 아침 햇살에도 시인의 아침 발걸음은 무쇠 구두처럼 무겁기만 하다. 그럼에도 불구하고 가야만 하는 길이 있다. 그것이 도시보안관의 숙명인 것이다.

피곤하다고 이젠 정말 쉬고 싶다고 간절한 호소를 하는 그들의 SOS 구조신호가 안타깝기만 하다. 그럼에도 불구하고 그들은 또 시인은 '은행나무 가장이 끝에는 / 까치 소리가 희망으로 요란해진다'라며 새벽 찬 바람 끝에서 조용히 오고 있는 봄을 느끼며 그 봄을 기다리고 있다.

"

1982년 7월
홍천 강어귀에 앉은
고향 떠난 열아홉 푸른 청춘
잠시 명경 안에서
쏘가리와 대화를 하고 있다
넌 어디에서 온 거야
이곳에 난생처음 온 거야
그래 여기는 참 낯선 곳이다

난 고향이 멀다
파란 식판에
어머니가 지어 준 밥은 없고
어쩌다 낯선 이곳 밥을 먹고 있다
고향 계신 부모님 기억을

여름 한나절 폭우로
홍천강물이 범람하여
기억을 쓸어 가버린다.

젊음의 불같은 혈기
불사르는 고된 훈련
하루도 빠짐없이 들려오는
지침 나팔 소리가
나를 잠재워 잇게 한다.

— 〈홍천강가에서(군 복무 중에)〉 전문

"

살면서 때론 먼 길을 떠날 때 미지의 알 수 없는 여행도 있겠지만, 아련한 과거로 돌아가 보는 시간여행도 현실에서 지친 심신에 휴식과 재충전을 해주기도 한다. 청춘의 시간 중 어쩌면 남자들에겐 가장 불꽃 같은 시간이었을 수 있는 곳이 군대라는 특수집단이다. 폐쇄된 곳에서 억압과 통제를 받으며 교육훈련을 받으면서도, 분단된 조국의 현실과 맞닥뜨리면서 가장 귀한 인내력과 자신감을 키워낸 곳이 그곳이었다고 해도 과언이 아닐 것이다.

오랜 시간이 흐른 현실의 시간 속에서 1982년 7월 어느 날로 다시 돌아가 홍천 강가에 선 열아홉 스물 나이의 청년은, 어쩌면 나고 자란 고향보다 그곳이 고향인지도 모르게 진한 향수를 느끼고 있다. 대한민국의 많은 남자들이 어쩌면 모두 비슷한 향수를 느끼는 동질류同質類일지도 모른다.

아련한 시간의 흐름을 거슬러 올라간 그곳에서는 부모님과 가족, 동기들이 있는 고향이 그리웠겠지만, 현실의 늪에서 허우적대며 질곡 같은 삶의 전투를 치르고 세월을 보낸 지금은 청춘을 불사르던 그곳이 고향일 수 있다. 그래서 남자들은 20대에 다녀온 군대 시절 이야기를 50대와 60대가 지나도 여전히 어제 그제의 일처럼 생생하게 하고들 있으니, 그곳은 평생 제2의 고향일 수도 있다.

청춘의 노스텔지어 홍천 강으로 다시 거슬러 올라가 본다. 잠시 명경 안에서 쏘가리와 대화를 나누고 있는 시인은 이십 대의 화자가 아닌 육십을 바라보는 장년이지만, 시간여행 속에서는 여전히 앳된 청년이다.

고향에 있는 어머니를 그리워하는 청년은 지금 다시 새삼스럽게 취침 나팔 소리에 잠을 청하는 중이다. 그때

들었던 취침 나팔 소리는 장년을 바라보는 시인에게 지금도 여전히 포근한 소리가 된다. 아니 그때보다 더 포근한 휴식과 안도감을 주고 있는지도 모른다. 참으로 고단한 세월을 보내온 지금 현실의 시간 앞에, 그래도 옆길로 새지 않고 잘 살아온 것 같은 대견함에 상이라도 주고 싶은 그런 날이다.

파란 식판과 어머니가 차려준 밥상 모두 다 지금은 옛 추억이 돼버린 지금, 그 따뜻한 밥이 새록새록 그리워지는 시간이다. 취침 나팔 소리에 젖어 혼곤히 피곤한 몸을 뉘어 긴 잠을 청해본다.

청춘 홍천, 청춘 양구, 청춘 인제 등 우리네 청춘들에겐 고향이 참 많다. 하늘에 별도 많지만, 청춘의 고향들도 많다. 언제나 잊지 못할 그곳은 청춘의 영원한 고향이다. 한 세대가 저물고 또 한 세대의 젊은이들이 그곳에서 인생의 가장 소중한 체험을 하며 조국의 안녕을 위해 근무를 하고 취침 나팔 소리에 잠을 청하고 있다.

> 느지막이 고향 가는 길에
> 근심 걱정 털지 못하고
> 답답한 가슴은 비바람 되어
> 낙동강이 시간에 사투를 벌이다
> 임해진 나루도 사라지고
> 달맞이꽃이 피기도 전에
> 메말라 버린 저 강바닥은
> 수없이 흐느낀다.

비리 끝에 떨어진 꽃잎처럼
지난봄 꿈을 기억이나 하듯
환상 속에 장배가 떠 있다
세상을 탓도 한번 못한
날이 저물도록 삽질하다
저세상 간 대밭 골 아재
수천 년을 쌓아온 퇴적물이 되어
뭍에 올라온 백사장은
왜가리같이 정 못 붙이고
방황을 하고 있는데
다시 오지 못할 이별인가

— 〈임해진 나루〉 전문

시인의 고향 가는 길. 창원 북면 명촌 양수장에서 둑길로 안신천 마을까지, 강 건너서는 창녕군 부곡면까지를 임해진 나루터라고 한다. 지금처럼 다리와 도로가 연결되기 전에는 돛단배를 타고 강을 건너 오고 갔던 시절에 임해진 나루터라고 불렀던 곳이다. 70년대에는 목선에 엔진을 달아 수산 장날과 남지 장날에 운항했던 곳이기도 하다.

병풍처럼 둘러쳐진 단애와 푸른 낙동강 물이 잘 어우러져 풍광이 좋던 이곳은 원래 바닷물이 올라와서 바다와 맞닿았다는 것에서 그 지명이 유래된 곳이기도 하다.

시인은 고향 가는 길 그 임해진에서 오랜 세월 유유히 흘러가는 낙동강 물을 바라보며, 무상함과 함께 그 힘찬 물줄기처럼 힘 있게 생의 꽃 한번 제대로 피우지도 못한 채 지나간 시간이 아쉽고 답답하기만 하다. 그 심정이 작품에서 드러나고 있다.

때론 홍수에 휩쓸려가기도 하지만 갈수기 때는 달맞이꽃이 피기도 전에 강바닥을 드러내고 있다. 그 풍경에 시인은 망연자실해지고 이미 떠난 고향 마을의 지인들을 떠올리며 회한에 잠기고 있다.

낙동강 너른 들판 길 휘돌아 굽이쳐 흐르는 물결, 자맥질하던 그 푸른 물은 이제 돌아갈 수 없는 옛날이 되었다. 점점이 놓인 모래톱 섬 그 가운데 외로운 갈댓잎만 스산한 바람에 떨고 있다.

노을 진 강가에 아득한 어지러움이 삶에 새로운 여백을 만드는 저녁, 아직도 저만치나 남은 들녘에 길게 뉘어진 낙동강의 그림자가 애달픈 고향길이다. 시인은 건설의 삽과 중장비들이 파헤쳐놓은 모습 앞에서 낙동강의 옛 그림자가 그립기만 하지만, 낙동강은 지금도 여전히 말없이 흘러갈 뿐이다.

낙동강은 발원지인 강원도 함백산에서 시작해 굽이굽이 천 삼백 리 길이다. 그 줄기 줄기엔 바람 부는 날 바람 부는 남자들도 많고 먼 세월의 강도 아득하기만 하다. 해 저문 강가 저녁놀의 붉은 맨살을 보며 떠나간 옛 생각에 소주 한잔이 간절한 날이기도 하다.

시인은 걱정 근심을 털어내지 못하고 찾아간 고향 길에서 소용없는 잔 걱정거리를 하나 더 얹어버렸다. 혹 떼려다 혹 하나 더 붙인 격이 돼버려 정 못 붙이고 방황을 하는 왜가리같이 이리저리 심란하기만 하다. 시인의 자연사랑은 평범한 일반인의 그것보다 남다르지만, 이러지도 저러지도 못하는 안타까운 마음은 일상으로 돌아와 한 편의 시로 그 풍경을 기록해본다.

> 늙고 병든 당신은
> 그 긴 겨울 살갗 찢어
> 자식의 겉옷을 만들고
> 땅속 깊이 스미는 봄기운 마시며
> 희미한 등불처럼
> 깜박깜박 잊은 옛 호롱불 밑에서
> 이불 홑청 꿰매는 시간이
> 무척 오랜 시간이 걸렸을 것이다
> 이제는 저 멀리 따스운 봄기운도
> 당신에게는 외면하고 있다
> 늘 들꽃처럼 피어난 당신은
> 그 외로움을 견디다 못해
> 사르르 먼지같이 사라지는
> 잔설을 툭툭 털고 피어나는
> 복수초같이 힘겹게 웃고 있는
> 왜소한 몸집이 넘어질 듯
> 위태로운 그때도
> 당신을 꽃이라고 부르고 싶었다
> 이 세상을 떠난 무덤가에 핀
> 사과나무 꽃을 보고도
> 당신을 꽃이라고 부르고 싶다.

봄의 전령사인 노란 꽃 복수초는 슬픈 추억이라는 서양 꽃말과 영원한 행복이라는 동양 꽃말이 있다. 부유와 행복을 상징하는 대표적인 꽃인 복수초福壽草는 복福과 장수長壽를 기원하는 의미도 가지고 있다.

시인은 이 작품에서 자식의 겉옷을 만들며, 아주 지루하고 긴 시간 호롱불 밑에서 공을 들이고 이불 홑청을 꿰매는 어머니를 그리워하며 슬픈 추억의 복수초를 표현했다. 이제는 다시 만날 수 없는 어머니를 투영하며 무덤가에 핀 사과나무 꽃을 보고도 꽃이라 부르고 싶다는 표현으로 회한을 남겨두고 있다.

작품에서는 긴 세월의 강을 사이에 두고 슬픈 추억의 대상인 어머니를 영원한 행복의 꽃으로 승화시켜내고 있다. 시간차를 두고 동일인인 두 명의 어머니를 투영시켜 늙고 병든 당신을 늘 곁에 살아있는 존재로 환치시켜 만들어낸 것이라 할 수 있다.

이 시에서는 애절한 사모곡의 짙은 페이소스pathos가 꽃이라는 상징적인 모습으로 치유과정을 통해 카타르시스로 바뀐 것이라고 할 수 있다. 당신의 이름은 어머니이고 어머니는 사과나무 꽃의 모습으로 계속 남아 있는 것이다.

봄의 전령사인 노란 꽃잎의 복수초는 그 작은 몸짓 하나에 얼마나 많은 사연과 슬픔이 깃들어 있을까. 봄이 너무 아름다웠던 것일 거다. 먼 길 떠나신 어머니의 발길 앞에 꽃길을 만들어드리는 애틋한 마음이 느껴진다.

해운대 앞바다 파도처럼
스무대 젊은 청춘은
하얏트 호텔 신축현장
에이치 빔 위에 매달렸다
하늘에 목숨을 달아놓고
용접 집게에 물린
가느다란 용접봉에서
은하수 기둥을 타고
고층 빌딩 숲을 만든다
청춘을 묻고 있는 삶의 현장
도자기를 빚는 도공처럼
세상을 변하게 하지만
하늘에 내린 밧줄에 매달린
짜장면 한 그릇
생명줄같이
가물가물 한 끼 때운 뒤
세상을 내려 보는 젊은 청춘은
하늘로 치솟는 꿈을
포기하지 않았다

* 1985년 7월 22일 해운대 하얏트 공사 현장에서

— 〈꿈〉 전문

청춘, 듣기만 하여도 가슴 설레고 푸르디푸른 시절이

다. 인생에서 가장 꿈 많고 자신감이 충천한 시기이기도 하다. 그러나 현실의 벽은 자꾸만 그들을 위험하고 더럽고 어려운 곳으로 몰아내고 있고 그마저도 인권의 사각지대가 많은 게 사실이다.

여기서 시인은 또 한 번 시간여행을 통해 1985년 어느 날 해운대 하얏트 호텔 신축공사 현장으로 향했다. 요즘 3D는 3차원 입체영상을 말하지만, 과거엔 제조업, 광업, 건축업 등 더럽고 위험하고 어려운 분야에 종사하는 것을 일컬어 말하기도 했었다.

시인이 타임머신을 타고 시간여행을 한 것은, 꿈 많던 앳된 청년기의 그 당시나 2021년 지금의 시대나 사람들의 삶의 모습은 별로 달라지거나 나아지지 않았다는 것을 시사하고 있으며, 적잖이 우울함을 드러내는 것이라고 할 수 있다.

H 빔 위에서 외줄에 목숨을 맡긴 채 육천도 끓는 마그마 같은 용접봉 쇳물방울에 젊은 열정을 실어 위빙weaving을 하며, 하늘을 향한 꿈을 실어 보내는 모습에서 절망과 희망을 함께 보았을 것이다.

지금도 많은 산업현장에서 크고 작은 재해가 끊이지 않고 일어나고, 예나 지금이나 개선의 노력은 일회성에 그치고 꿈 많은 젊은이들을 아찔한 절벽으로 내모는 일들이 많이 발생하고 있다.

당시 푸르디푸른 청춘의 그 젊은이들은 지금 훌쩍 세월의 강을 건너 중년 혹은 장년의 기성세대가 돼버렸고, 그 당시 3D 현장을 크게 개선하지 못한 채 오로지 먹고 살기 위한 전투만 치르며 늙어온 것일 수도 있다.

지금까지 옆길로 새지 않고 나쁜 짓 하지 않으면서 무사히 잘 살아온 것 같은데, 세월의 뒤안길을 거슬러 올라가 보면 그때나 지금이나 사람들이 먹고사는 현장은 여전히 3D이고, 치열한 전투현장일 수밖에 없어 마음이 아픈 게 사실이다. 그것이 과연 인생일까 하고 생각해보면 어쩌면 그것조차 사치일 정도로 삶의 현장은 여전히 치열하기만 하다.

시 내용처럼 화려한 도시를 만든 건 그들이지만 정작 목숨 걸고 노동일을 한 종사원들은, 늘 짜장면 한 그릇의 면발처럼 아찔하게 생목숨을 외줄에 매달아야 하는 슬픈 현실 앞에서 마음이 아플 수밖에 없다. 여기서 시인의 세계관을 잘 알 수가 있다. 타인의 아픔이나 기쁜 일들을 남의 일 같지 않게 느끼는 공감 능력이 뛰어나다는 것이다. 마음이 따뜻하다는 것이고, 그런 이유로 사회에 봉사하고 헌신하는 직업이 자신과 딱 맞았을 수도 있다.

이 작품에서도 역시 시인의 세계관은 '그럼에도 불구하고'로 귀결해내고 있다. 짜장면 한 그릇과 밧줄에 몸을 맡김에도 불구하고 끝내는 '하늘로 치솟는 꿈을 / 포기하지 않았다' 가장 중요한 핵심은 바로 여기에 있다. 아금박지게 버티며 살아온 지금의 기성세대가 그때 그 시절에 삶을 포기했더라면 지금이 존재할 수 있었을까. 또한, 지금의 청춘들이 포기해버리면 미래가 있을까. 시인이 말하고자 하는 메시지는 어떤 상황에서도 삶을 포기하지 않는 것이다.

"

첩첩 쌓인 푸른 솔 그늘
무언으로 손짓 계곡에 앉아
지난 세월 뒤돌아보면
몸서리치지 않소
이제 다 잊고
뒤돌아보지 말고 앞만 보고 가소
산딸기 따다가 술도 담고
세상을 훑다 가던 것처럼
산기슭 솔가리를 뒤지며
비바람 천둥번개가 쳐도
옴짝달싹도 하지 않고 서 있던
바위틈 소나무처럼 살듯
이제 뒤돌아보지 마소
인간 손에 닿지 않는
외로운 향기 진동하는
산 더덕 몇 뿌리 캐다
여름 내내 사랑 달군 날도
빨간 고추 따다가 다져 넣은
당신 손맛 나는 된장국에
갓 담은 김장김치 찢어
노쇠 숟갈에 얹어 먹고
힘이라도 돋우며 힘 좀 내소
미라처럼 야윈 몸
모진 세월 훨훨 털며
붉은 석양 속으로 가시거든
막내아들 등에 업혀

세상만사 다 잊고
지친 세월 잊고 편히 잠드소
저 별빛처럼 떨어지지도
달처럼 애간장 태우지도
동토 햇살이 해껏에 매달려
되돌아오지도 말고
그곳에 가거든
여기는 오지 마소

— 〈어매 가거든 여기는 오지마소〉 전문

그냥 지나칠 수 없는 진한 사모곡이며 극락왕생가極樂往生歌
이다. 카리브 해안 뜨거운 태양 아래서 자란 커피 한 잔
이 김을 뿜는 오후에 느닷없이, 나보다 더 뜨거운 게 있
을까 하고 한국의 영양 태양초가 독하게 고춧가루를 날
린 것 같은 인생의 매운맛이 느껴지는 작품이다.

우리네 한국인들의 정서가 참으로 뜨겁고 애잔하다.
어디에서든 꽃상여가 지나가는 걸 보기만 해도 목이 콱
잠기며 뜨겁고 매운 눈물이 마치 최루탄 가스 냄새를 맡
은 것처럼 흘러내린다. '이제 다 잊고 / 뒤돌아보지 말고
앞만 보고 가소'

곡소리가 너무 뜨겁고 매워 콧물마저 줄줄 흐른다. 공
연히 지나가는 꽃상여 구경하다가 바보처럼 울고 만 것
같은 느낌이다. 구절마다 굽이굽이 곡절 많은 사연으로
진혼곡을 노래한 이 작품은 끝내 독자를 울리고야 만다.

가는 걸음 아쉬워하고 슬퍼하는 것보다 '어매 가거든 여기는 오지마소' 한마디에 콱 기가 막힌다. 한국인의 정서에 뿌리 깊이 스며있는 '살아생전 호강 한번 못 해보고 평생 고생만 하다 가네. 억울해서 우짜꼬' 하는 그 한마디처럼 '가는 어매'가 뼈를 때리는 아픔으로 다가온다.

'동토 햇살이 해껏에 매달려 / 되돌아오지도 말고' 여기서 해껏이란 해가 질 때까지를 말하며 해가 다 지도록 애써 무언가 했음을 뜻한다. '뒤돌아보지 말고 앞만 보고 가소'도 극락왕생極樂往生을 기원하는 사모곡이다.

어느 시인은 사모곡思母曲에서 '어머니는 죽어서 달이 되었다'라고 했고 그 달은 '나와 함께 긴 밤을 같이 걸었다'라고 노래했지만, 배 시인은 야멸차게도 '오지 마소'라고 했다. 그만큼 살아생전 고생만 하다 떠나간 어매에게 마지막 인사로 '여기는 오지 마소'라고 한 것은 반어법에 해당하며 모친에 대한 회한이 짙다는 것이다.

우리네 삶과 함께해온 산기슭 술가리, 된장국, 김치, 놋숟갈 이 모든 게 듣기만 하여도 마음이 아리는 것들이다. 어매를 등에 업은 막내아들의 애달픈 진혼곡에 어찌 많은 말이 필요할까. 우리네 어무이(어머니)들이 행주치마나 손수건으로 눈가를 훔치며 내남없이 반복하던 '우짜꼬', '우짜겠노' 그 외 무슨 말이 필요할까.

부잣집 담벼락 너머
분홍색 머리를 하고
지나가는 험상궂은 바람이

찰랑찰랑 흔들고
곁눈질을 하며 비웃어도
한 번도 스스로
존중 아니 한 적이 없다
어떤 누구도
함부로 하지 않았으니까
그렇게 진실한 사랑을 하는
이에게는
깊은 사랑에 빠질 것이라
믿기기 때문입니다
품위와 권위가
살아있기 때문입니다
가난한 이에게도
허물어진 담장을 가꾸면
자귀나무처럼
품위 있는 사랑을 할 수
있을 것이다
먼 훗날 알지라도

— 〈자귀나무〉 전문

"

자귀나무는 예로부터 사이좋은 부부에 비유되곤 했
다. 안마당에 심어 놓으면 부부의 금슬이 좋아진다고 하
여 많이 심었던 꽃나무다. 낮에는 그 잎이 활짝 펴져 있
다가 밤이 되면 반으로 접힌다. 그 모습을 보고 잎이 서

로 금슬 좋게 붙어 잔다고 생각한 것이다. 그래서 합환목合歡木으로도 불려 술을 담아 먹기도 하였다.

시인이 부잣집 담벼락에 핀 분홍색 꽃으로 표현한 건 어쩌면 가슴 설렘과 환희의 꽃인 자귀나무를 아름다운 그대에 비유하여 언제나 아껴주고 보살펴주고 싶은 연정과 연서의 마음일 수 있다. 진실한 사랑을 할 땐 누구나 기품 있게 된다. 그 누구도 그 사랑을 함부로 해서도 안 되며 당사자들도 그 사랑을 지킬 굳센 각오가 있어야만 한다.

'허물어진 담장을 가꾸면 / 자귀나무처럼 / 품위 있는 사랑을 할 수 있을 것이다'라는 마음도 부자거나 가난하거나 사랑은 숭고한 것이며 귀하게 존중받아야 하는 것임을 강조하고 있는 것이다. 지금 비록 가난하여도 사랑만큼은 기품 있게 하고 먼 훗날을 기약하며 추하지 말자는 언약의 맹세인 것이다. 누구라도 그럴 권리가 있고 소중한 존재들이다.

격렬하게 부부싸움을 하다가도 신비한 자태의 자귀나무를 보면 가슴 설레는 환희를 느낄 수 있으며, 그것은 곧 첫 언약 첫 맹세를 잊지 말자는 화합을 확인하는 것이다. 사랑을 생채기 내면 그대와 나 모두 처참해질 수 있으니, 언제나 첫 만남과 설렘을 기억하자는 것이 시인의 메시지이다.

열아홉 살갗 청춘이 입영 열차를 탔다
세상 밖을 나가 본 적 없는 낯선 타향 길
논산 눈물 고개를 넘어

홍천 화양강을 건너

아홉 살이 고개도 넘고

삼마치 고개도 수없이 넘나들 때

한정된 공간 속에 폭발하듯

수없이 튕겨 날 듯한 젊은 혈 같은 브레이크 유

이를 막으려는 브레이크 드럼 판

수없이 밀담하다 불이 붙어

화염이 천지를 뒤덮을 때

잠시 휴전 시간을 가질 무렵

철모를 들고 계곡물을 퍼다 붓는다

이런 반복 된 삼십 개월 동안 자리 잡은 곳

잠시 지나온 날을 기억하며

치악산에 덮인 눈같이 하얗게 잊고

고향으로 돌아갈 날을 기억한다

3일을 앞두고

* 1984년 12월 1일 원주에서

— 〈청춘을 불사르다 〉 전문

"

　청춘은 화인火印이다. 배 시인의 창작 세월은 늙다리 중늙은이라고 표현되는 장년의 나이에도 여전히 세월을 거슬러 올라 시간여행을 즐기며 오가고 있다. 특히 그의 작품은 중년 이후 더욱 익어가는 시 맛도 느껴지지만, 풋풋한 시절에 쓴 시들이 오히려 지금 새삼스럽게 소중한 보물처럼 빛을 발하고 있다.

뭐라고 해도 청춘의 가장 빛나던 시절에 있었던 에피소드들이야말로 평생 가지고 갈 소중한 자산이라고 해도 과언이 아닐 것이다.

영화예술인들도 젊은 시절엔 거칠고 서툰 작품들을 많이 내놓는다. 중장년 이후 세월 속에서 연기력이 중후하게 무르익어가지만, 다시 봐도 젊은 날에 찍어놓은 영화들이 재미를 더해가는 것은, 그들도 청춘의 가장 빛나던 시절에 혼신의 열정을 다해 연기했기 때문일 것이다.

2021년 요즘 사회 트렌드가 가수 나훈아의 '테스형!'이라고 한다. 어떻게 들으면 참 구질구질하고 서글프게 느껴지기만 한 그 노래가 들으면 들을수록 삶의 진국과 울림이 있다는 것을 알 수 있게 된다.

열아홉에 입영 열차를 탔다면 우리 나이로 스무 살 때 지원병으로 입대했을 나이다. 홍천 화양강을 건너 터질 듯한 화약고 같은 젊음을 불사르며 보냈던 군 시절에, 제대를 며칠 앞둔 어느 날 적었던 시 한 편이 시간여행을 통해 새삼스럽게 지금 다시 빛을 발하고 있다.

'수 없이 튕겨날 듯한 젊은 혈 같은 브레이크 유' 이 한 소절에 화약고 같은 젊음의 모든 것이 압축돼 있다. '이를 막으려는 브레이크 드럼 판' 어쩌면 막는 자와 뚫는 자의 전투처럼 억압기제와 방어기제가 반복됨을 에둘러 표현하고 있음이다.

본능을 억압하는 문명의 억압기제가 강력할수록 본능의 불만과 좌절은 커지게 마련이다. 본능이 적당한 수단을 이용해 사회의 억압기제에 복수하는데, 이때 가장 손

쉽고 무난한 방법은 꿈을 꾸는 것이다.

통제된 억압기제가 일상화된 군대와 사회에서의 이런 저런 조직 속에서 직장생활 하는 동안 발생하는 반동형성 또는 방어기제는 인내忍耐라는 또 다른 억압기제를 발생시킨다. 참으로 역설적이고 어이없지만, 폭력 속에서 아슬아슬하게 억제된 일상들이 우리네 삶이었던 것이다.

억압repression은 참으로 끈질긴 방어기제다. 우리의 욕구나 감정을 알아차리지 못하도록 꽁꽁 싸매느라 하루 종일 온 신경을 쓰고 있어야 한다. 우리의 진실이 누수 된 관을 통해 조금이라도 새어 나올까 봐 온갖 센서를 작동하고 있는 것이다.

방어기제防禦機制: defense mechanism는 억압에 대한 반동형성이다. 폭발하지 않으려면 그 안에서 이룰 수 없는 불가능한 꿈을 꾸며 취미 생활을 통해 식혀야 하는 게 보편적인 사람들의 삶이었다. 다 큰 성인이 불안한 청소년기처럼 일탈적 사고나 행위를 하면 반사회적인 인격 장애자로 분류되는 수모를 겪게 되기 때문이다.

살면서 세월이 흐르고 나이가 들면 아련한 옛 추억의 시간여행을 하고 싶어지고, 실제 그곳을 가 보고 싶어지는 게 인지상정이다. 그것은 그 시간만큼 감내해야만 했던 인내라는 억압과 방어기제에 대한 보상심리가 작용하기 때문이다. 인간은 누구나 즐길 권리가 있지만, 그것을 애써 억압하며 살아가는 것이다.

중장년 이후에 자녀를 군대에 보낼 때 20대의 자녀들이 철부지 어린애로만 보이고 안쓰러운 게 부모들의 마음이다. 그때 그 시절에 우리네 부모님들도 마찬가지였을 것이다.

이것이 세월이고 인생의 사이클인 것이다. 한 세대가 가고 또다시 돌고 돌아가는 것. 어쩌면 그것이 우리네 삶이 남긴 인생의 불도장 화인火印인지도 모른다.

"

더덕더덕 온 세상 둔덕이
무거운 눈꺼풀로 밤새워 떼고 나니
오동동 골목길 할매 복어 집이 생각난다
마산 앞바다의 갯내음이 코를 찌르고
그 길을 다듬질하는 내 발걸음
이 골목 저 골목 복복 그린다
그 속을 비집고 들어가는 낯익은 얼굴들
복어 맑은 탕처럼 속이 시원케 반긴다
할머니의 웃음소리와 표정
내가 뒤돌아본 세월 속에 담아
지워지지 않는
일곱 살 난 손자가 되어 응석을 부린다
마흔일곱 중년이 장작불에 익은
구들 같은 가슴에 앉았다
지난밤 지긋지긋 깜깜한 동굴 속에 갇혀
신들린 집 나온 이들의 방황을 잠재워
이집 저집 귀가시켜 놓고 나니
내 머리가 흐리멍덩해지고
눈동지는 잔 핏줄이 터져 토끼 눈이 되고
눈꺼풀이 자꾸 처져 내려간다.
내 시야가 아침 햇살을 받는 듯하다

'할매 갈치조림 좀 더 주이소'
'이모야 밥 좀 더 주이소'
정겨운 목소리가 절로 나온다.
말간 국물 속에 식초 한 방울이
그릇 속에서 고향 우포늪 새벽안개같이 퍼지며
하룻밤 찌든 허상을 모두 떼어내고 있다
세상 밖이 한눈에 들어온다.

— 〈복어 집 할매-오동동 덕성 복어 집에서〉 전문

오동동 덕성 복어집 하면 카테고리로 줄줄이 떠오르
는 것이 오동동, 창동, 어시장 주변의 복집 골목과 술꾼
들을 유혹하는 통술집들이다. 한창 번성기 때는 몇몇 감
자탕집을 비롯해서 마산 창원 일대의 건아들을 새벽까지
흔들어대며 '분명히 밤에는 찾아갔는데 낮엔 기억을 못
하겠더라'라는 에피소드가 많았던 곳이기도 하다.

'지난밤 지긋지긋 깜깜한 동굴 속에 갇혀 신들린 집
나온 이들의 방황을 잠재워 / 이집 저집 귀가시켜 놓고
나니 / 내 머리가 흐리멍덩해지고 / 눈동자는 잔 핏줄이
터져 토끼 눈이 되고 / 눈꺼풀이 자꾸 처져 내려간다' 시
내용처럼 광란의 밤을 보낸 취객들이 많던 시절엔, 그야
말로 그 동네 일대가 문전성시 불야성을 이뤘고 한국 경
제가 호황기를 누렸던 때였다.

덕분에 도시보안관들은 눈에 실핏줄이 터지고 미간에
주름이 늘며 괴로웠던 시절이긴 했지만, 이 땅의 많은

남정네 건아들이 호기를 부리며 주머니에서 빳빳한 지폐나 카드를 척척 긁었기에 여기저기에서 휘파람 소리가 나던 '땡큐'의 시절이었다.

낮이건 밤이건 아지매, 할매를 부르며 밥과 찌개와 국을 시키고 술을 찾던 어제의 그날이 그리워지는 요즘은 쓸쓸한 도시의 그림자만 짙게 드리워져 있다. 물론 배 시인과 그의 동료 보안관들은 그때가 어쩌면 지긋지긋한 지옥처럼 여겨졌을지도 모른다.

여기도 복, 저기도 복 온통 복이 터졌던 시절의 아련한 이야기들도 어쩌면 배 시인이 그 시절에 기록해두었던 사연을 작품으로 쓴 것일 수 있다. 그래도 그 시절엔 '갈치조림 좀 더 주이소, 밥 좀 더 주이소' 하는 정겨운 소리들이 들렸던 사람 사는 세상이었다.

'말간 국물 속에 식초 한 방울 / 세상 밖이 한눈에 들어온다' 그 시원한 국물에 터졌던 실핏줄이 중화되어 피곤했던 심신이 회복되는 시간. 저마다의 집으로 퇴근 발길을 돌리는 사람, 붉은 토끼 눈으로 다시 출근하는 사람, 하루 펑크 내고 쉬는 사람 등 여러 인간 군상들이 있었을 것이다.

그래도 완전히 뻗지 않고 그때부터 지금까지 줄기차게 달려온 인생들에게 휘파람 소리와 함께 '브라보 유어 라이프'를 외치고 싶어지는 오늘이다. 다시 한번 복 복 복이 보고 싶어진다.

'디덕디덕 온 세상 둔덕이 / 무거운 눈꺼풀을 밤새워' 떼더라도 '어디 한번 불러보자 사랑 노래를' 하는 노래처럼 아지매, 할매를 소리쳐 부르며 밥과 국, 찌개와 술을 찾는 시절이 다시 왔으면 하는 것이 모두의 바람일 것이다.

해도 달도 돌고, 지구도 도는데 어찌 시절 인연이라고 다시 돌지 않겠는가. 물레방아 돌고 도는 것처럼 사이클이 제자리로 돌아오면, 그 시절보다 더 좋은 때가 반드시 다시 올 것으로 믿는다. 그것은 인간의 바람이 아니고 하늘에서 정한 이치이다. 그때는 적당히 먹고 마시고 눈에 실핏줄이 터지는 일은 없어야 할 것이다.

"

저 멀리 보이는 수평선 너머
끝없이 타오르는 밤배의 눈빛 같은
동백꽃이 보일 듯 잡힐 듯
애태우는 성포 앞바다에 가 보았네

이때쯤 되면 한없이 찌든 마음
갈매기 따라 석양에 몸을 싣고
훨훨 파도 위를 미끄러지듯 다가와
날개 돋친 만선의 깃발은 춤을 춘다네

함께 걸어온 그 긴 밤길 그리운 날
끊임없이 펼쳐진 검푸른 바닷물은
하얀 물방울에 엉켰다
흔적 없이 사라진 옛사랑 이야기한다네

바닷물에 절인 배추처럼
추함과 절망은 희망과 행복으로

버무린 김치 맛을 보고 세상길이 열렸네

― 〈성포 앞바다에 가 보았네〉 전문

시원한 이 한 편의 시에서 지난 시간의 스트레스와 피로가 서늘한 바람에 함께 날아가는 느낌이다. 모두 4연으로 쓰고 1~3행에서 받은 일상의 찌든 더께를 모두 4행에서 풀어버리는 카타르시스의 치유시라고 할 수 있다.

그중 가장 두드러진 행이 2연 4행 '날개 돋친 만선의 깃발은 춤을 춘다네'와 4연 3행의 '버무리 김치 맛을 보고 세상길이 열렸네'로 찌들은 추함과 절망은 저 멀리 사라지고 시원한 바람에 희망의 세상길이 활짝 열리는 환희를 묘사했다. 이 시는 답답한 이들의 가슴을 치유해주고 있으며, 염원을 실은 기도를 대신 해 주고 있다.

거제 성포와 가조도에 가면 넓게 펼쳐진 해안과 갯바위에 세월을 낚는 낚시꾼들을 많이 볼 수 있다. 싱싱한 해물과 생선이 건아들을 유혹하며 일상의 스트레스를 풀어주고 재충전을 해줄 수 있는 여행지로도 좋은 곳이다.

'하얀 바닷물에 엉켰다 / 흔적 없이 사라진 옛사랑 이야기한다네'도 이쯤 되면 아픔일 수만은 없을 것이다. 추억은 아름다운 기억으로 남겨야 행복해질 수 있다. 인간은 누구나 행복해질 권리가 있듯이 성포 앞바다에 서면 배시인이 느낀 성포와 결코 동떨어진 바다가 아님을 알 수 있다.

이 작품에서는 단순히 찌든 일상의 피로를 풀기 위해 찾아간 성포가 아니라 또 다른 누군가에게 치유의 시간을 소개해주는 가이드로서의 역할을 충분히 해주고 있다. 바다의 힘은 처진 어깨를 다시 펴줄 수 있는 에너지가 풍부하게 많이 있는 곳이다.

산촌 못지않게 바다에는 몸에 좋은 오존이 풍부해 사람들에게 기운을 북돋워 주고 싱싱한 해산물들은 기분마저 상쾌하게 해준다. 치유의 시는 '그대 힘들 땐 성포에 가 보시라'고 메시지를 던지고 있다.

> 흑룡이다. 흑룡!
> 전국 방방곡곡
> 힘찬 함성이 들려온다
>
> 동토에 흑 여의주의 빛이
> 먹장구름 걷어내고
> 임진년 하늘을 열었다
>
> 얼었던 마음을 깨고
> 굳게 닫힌 가슴을 열고
> 흩어진 영혼은 하나가 되고
> 온화한 눈빛
> 열린 가슴은
> 한반도의 평화를 꿈꾼다
>
> 언 세상을 녹이는
> 동해의 끓는 물결로

끊어진 한반도를 이어보자

정열이 넘치는 힘과
세계로 미래로 열어가는 지혜와
사랑이 넘치는 저 포용력으로

— 〈임진년의 꿈〉 전문

2021년 신축년 새해가 밝았다. 늘 바뀌는 새해마다 사람들의 기대와 각오는 저마다 다를 것이지만, 가족의 건강과 화목 그리고 나라 경제와 안보가 튼튼해지길 기원하는 것은 같은 마음일 것이다.

지난 2020년은 세계적인 경제 불황과 코로나19라는 감염병의 창궐로 지구촌의 많은 사람이 목숨을 잃거나 잔뜩 위축된 생활을 할 수밖에 없었고, 희망에 찬 새해를 맞이하고도 무기력증으로 예전의 새해처럼 웅비와 비상, 희망에 찬 덕담들을 나눌 수가 없었다.

그러나 우주의 질서와 법칙이 어찌 침체기만 있을까. 2020년과 2021년이 지구촌 모든 생태계 변화에서 정리하는 에너지가 강하고 계절로 치면 혹독한 겨울이며 칠흑 같은 밤에 해당하는 운기이다. 그동안 모든 사람이 정신없이 앞만 보며 달려왔다면 지금은 겨울잠을 자며 충분한 휴식을 취해주고 에너지를 충전해야 할 시기라고 할 수 있다.

다시 한번 심기일전 용기와 힘을 내어 힘차게 일을 추

진하려면 반드시 휴식을 취해줘야만 한다. 그 시기가 지금이라고 보면 좋을 것이다. 다시 농번기農繁期를 맞으려면 농한기農閑期엔 잘 먹고 푹 쉬어야만 한다. 조급증에 빨리 농사를 짓고 더 소출을 늘리려고 해도 농삿길이 막혔으니 쉴 땐 쉬어야 한다.

배 시인이 추천해준 거제 성포에서 조용한 휴식과 새해의 기원을 해보는 것도 좋을 것 같다. 지는 해가 있으면 뜨는 해도 있듯이 우주의 사이클에 코로나19가 부디 하루빨리 소멸하길 기원하면서 합장한다. 모든 것은 돌고 돈다.

마지막 작품으로 웅비와 비상, 희망과 권위를 상징하는 용의 해인 임진년 새해가 밝았을 때 배성근 시인이 썼던 '임진년의 꿈'을 감상해보았다. 무기력해진 신축년 새해에 다시금 지난 임진년의 작품을 보며 새로운 각오를 다져보는 것도 좋을 것 같다.

임진년은 우리 역사에서 참혹했던 임진왜란이라는 전란이 있었지만. 우리 선조들은 이순신 장군과 12척의 배로도 330척의 왜군 전함을 무찔러 대승을 거둔 백절불굴의 의지가 있었다. 매번 어려운 시기마다 우리는 임진년의 행복한 꿈을 기억하며 어려움을 극복해낸 일이 많았다.

세계 전사에서 유례없는 연전연승의 신화를 창조한 이순신과 12척의 배를 기억하면서 무기력하기만 이 경제 불황과 코로나19에서 탈출해보길 기원해본다. 시란 우리 생활 중에서 바로 그런 것이다. 배 시인의 앞날에도 흑룡의 기운으로 행운이 가득하길 기원하면서 다시 한번 합장.

바다가 보이지 않는다

배성근 시집

초 판 인 쇄	|	2021년 3월 25일
발 행 일 자	|	2021년 3월 30일
지 은 이	|	배성근
펴 낸 이	|	김연주
펴 낸 곳	|	도서출판 성연
등 록	|	(등록 제2021-000008호)경남 창원
홈 페 이 지	|	https://cafe.daum.net/seongyeon2021
디 자 인	|	배선영
편 집 인	|	성화룡
메 일	|	baekim2003@daum.net
전 자 팩 스	|	0504-205-5758
연 락 처	|	010-3325-5758
정 가	|	12,000원
		ISBN-21-9134-35-8-08854

이 도서의 출판예정도서목록(CIP)은
국립중앙도서관 서지정보유통지원시스템 홈페이지(http://seoji.nl.go.kr/)와
국가자료목록시스템(http://www.nl.go.kr/kolisnet)에서 이용할 수 있습니다.